La ferme de Marie

Claude Hiebel

La ferme de Marie

Roman

En souvenir des merveilleuses vacances passées chez mon grand-père à Chalivoy-Mylon dans le Cher.

Avant-Propos

Cette histoire se déroule dans une petite localité du centre de la France entre deux filles, un garçon du village et un vacancier parisien. Ils se retrouvaient tous les ans au mois d'août. Une grande amitié est née entre ces quatre enfants.

Pendant cette période d'après-guerre, que l'on a appelée les Trente Glorieuses, la vie était différente de maintenant. Les habitants du village se connaissaient tous, il y avait de nombreuses fermes, les gens n'avaient pas les moyens de communication du vingt-et-unième siècle.

Seuls certains avaient le téléphone, une voiture. On voyait encore des personnes se déplacer en calèche, mais la plupart du temps, le car était le moyen le plus utilisé pour se déplacer.

Pour communiquer avec des personnes distantes, il fallait tout simplement écrire.

Ce village, comme tant d'autres, était rythmé par les saisons, les fêtes de fin de moisson, et par les cafés qui jouaient un rôle important pour se retrouver.

Nos quatre enfants sont devenus adolescents, l'amitié a fait place à l'amour, chacun a pris une direction différente. Pendant la période des Trente Glorieuses, la modernité est arrivée silencieuse-ment, modifiant considérablement le village et les relations entre les habitants.

Les cafés ont fermé, des fermes ont disparu, des métiers également, le village est devenu, comme dans beaucoup de régions, une ville dortoir.

Pendant cette période, chacun a vécu sa propre existence, mais quarante ans après, le destin leur permettra de se rencontrer à nouveau.

Chapitre I

Je roule vers le village de mon grand-père, je viens de passer Bourges, la nuit commence à tomber. Je connais bien la route même après quarante ans. La campagne n'a pas trop changé : des champs à perte de vue.

Il y a plusieurs mois, j'ai fait l'acquisition d'une ancienne ferme que j'ai connue dans ma jeunesse, et après des travaux importants, je vais pouvoir enfin en profiter.

Après plusieurs heures de route, je pénètre dans Blet. Encore cinq kilomètres et je serai arrivé. Je passe devant l'étang à la sortie du village en direction de Chalivoy, son niveau est particulièrement bas pour ce début du mois d'août. Cette année, il a fait très chaud, il serait temps qu'il pleuve un peu.

Je m'engage sur les derniers kilomètres, je commence à voir au loin le clocher du village. Pendant tout le trajet, des souvenirs sont revenus au fur et à mesure que j'avançais vers ma destination.

Il est rarement aisé de quitter Paris un vendredi soir, surtout pendant la période des vacances, mais pour moi, c'est un retour aux sources. Cependant, il est temps que j'arrive, car la fatigue commence à se faire sentir.

Les derniers kilomètres me semblent longs, je rentre dans le village, en tournant sur ma gauche, je prends la grande rue qui le traverse, les souvenirs de mon enfance ressurgissent comme à chaque fois que je suis venu ici. Toutefois, après ce voyage qui a été épuisant, je ne vais pas flâner, je me dirige directement vers ma demeure.

Il se fait tard, la nuit a déjà commencé, le seul véhicule que j'ai croisé est un tracteur avec un tombereau rempli de grains, c'est l'époque des moissons.

J'aperçois la ferme, qui n'en est plus une depuis que je l'ai rénovée, je pénètre sur le chemin bordé de peupliers et de noisetiers, et je vois dans les phares le bâtiment principal sur la droite, et dans la pénombre la grange juste en face.

Après avoir garé mon véhicule dans la cour, je prends possession des lieux ; au loin, le chien du père Joseph aboie, il a certainement entendu la voiture.

Mon voisin va être surpris de me voir demain ; il m'a connu gamin, ensuite adolescent, je ne sais pas si après autant d'années, il va me reconnaître. Je ne suis venu que trois fois depuis que j'ai entrepris la rénovation, mais c'est l'entrepreneur qui m'emmenait, puisque je prenais une chambre d'hôtel à Sancoins près de son entreprise.

On ne traînait pas, on faisait le point sur les travaux, ensuite, on repartait, pas le temps de se promener ou de discuter, je n'ai vu le père Joseph que de loin dans son jardin.

Les aboiements l'ont fait sortir, je vois la lumière extérieure allumée, sa silhouette apparaît sur le pas de sa porte, il doit certainement regarder dans ma direction.

Il rentre son chien après avoir observé les lieux. Dès lors, on entend que le bruit du vent dans les branches des peupliers. En levant la tête, je vois le ciel étoilé d'un beau mois d'août. Dans la forêt toute proche, le hululement d'une chouette brise ce silence.

Je m'installai en rangeant une partie de mes affaires, le reste attendra demain matin. Après un repas rapide, je ne demandai pas mon reste, j'allai me coucher. Parce que le lendemain, un camion de déménagement venait m'apporter mes affaires, la journée serait longue et éprouvante.

Ce n'est pas la lumière du jour qui me réveilla, seulement le chant d'un coq qui était très proche, tellement proche qu'il était dans la cour. Je le regardai par la fenêtre, il chantait sans reprendre son souffle, j'avais l'impression qu'il me souhaitait la bienvenue.

Je me demandais d'où venait ce ténor de poulailler quand je vis le père Joseph arriver en boitant, la canne à la main, il menaçait le pauvre gallinacé. Celui-ci évitait les coups tel un boxeur en faisant des bonds à gauche, ensuite à droite.

Afin d'arrêter le combat, je suis sorti sur le pas de la porte et je regardai l'issue du combat, le père Joseph vociférait.

« Nom de dieu, il s'est échappé, il vous a réveillé. »

J'observais le père Joseph gesticuler.

« Ce n'est pas grave, père Joseph ! »

Étonné que je prononce son nom, il se retourna.

« Vous me connaissez ? »

Il me dévisagea, après avoir soulevé sa casquette et s'être gratté la tête à s'arracher ses derniers cheveux.

« Votre tête me dit quelque chose, jeune homme. »

Il était gentil de m'appeler ainsi, j'avais quand même cinquante-huit ans, pour lui qui devait dépasser les quatre-vingt, j'étais un gamin. Ne tenant pas à le laisser réfléchir trop longtemps, je lui donnais l'information.

« Je venais en vacances chez mon grand-père chaque mois d'août, la dernière fois, c'était l'année de mes dix-huit ans, ça remonte à loin. »

Je vis qu'il m'avait reconnu, son visage exprimait la satisfaction d'avoir trouvé.

« Ah ! Oui, je me souviens maintenant, il habitait à la sortie du village sur la route de Bannegon. J'ai parfaitement connu ton grand-père et aussi ton oncle le forgeron, tu étais tout jeune à cette époque, c'est exact... Ça fait longtemps... Très longtemps.

Ben ! Alors c'est toi le Parisien qui a racheté l'ancienne ferme de la Marie, cette ruine.

Mais tu l'as bien restaurée, c'est une superbe bâtisse maintenant. »

Voyant son enthousiasme et après les compliments du beau travail accompli, je lui proposai de lui faire découvrir l'intérieur.

Sa réponse fut sans appel.

« Oh, non, pas la peine, j'ai vu les travaux, je venais taper la causette avec les ouvriers quand ils faisaient la pause à midi, ils m'ont fait visiter. »

Je ne fus pas surpris par sa réponse, je le savais curieux.

« Bah ! Bienvenue, mon petit gars, ça ne me rajeunit pas, à l'époque, on m'appelait Joseph, je vais ramener mon coq chez moi. »

Pendant que l'on parlait, le ténor avait arrêté son chant, il commençait à donner des coups de bec dans l'herbe pour se nourrir. Le père Joseph parvint à le prendre par surprise et le voilà avec son gallinacé sous le bras gauche, la canne dans la main droite remontant vers sa demeure qui était à cent mètres à vol d'oiseau, au bout du chemin qui passait devant la ferme.

J'avais à peine terminé mon petit-déjeuner, que le camion de déménagement arrivait.

En moins de deux heures, les déménageurs l'avaient vidé ; il est vrai que la plupart des cartons allaient rejoindre les vieux meubles de Marie dans la grange, seuls quelques-uns allaient dans la maison.

Après avoir discuté autour d'un café, ils sont repartis. Maintenant, il ne me restait que du rangement. Seulement, aujourd'hui, je n'en avais pas le courage, on verrait cela un autre jour. J'avais tout le temps, je désirais plutôt flâner dans la campagne, revoir certains coins pour me souvenir des vacances passées.

J'étais à un kilomètre du village, je partis à pied, une légère brise soufflait dans le feuillage des arbres. Quand j'atteignis le bord de la route, un tracteur passa à grande vitesse avec son chargement de grains, le conducteur me regarda, il n'eut pas le temps de répondre à mon salut.

En pleine moisson, il ne fallait pas traîner surtout par ce beau temps, les moissonneuses étaient dans l'obligation de tourner toute la journée et à coup sûr très tard le soir.

Avant le début du village, je distinguais au fond d'un terrain boisé de peupliers un petit étang, enfin plutôt une mare compte tenu de sa dimension.

Des images revenaient instantanément. Je me vois encore avec Jacques, le fils du sabotier, chasser la grenouille. Oh, on n'en prenait pas beaucoup, elles étaient plus agiles que nous, seulement, on passait l'après-midi. Après, on revenait le seau rempli d'eau avec quelques têtards.

J'arrivai aux premières maisons, elles n'avaient pas changé, mais ce qui m'a surpris, c'est de ne rencontrer personne. À part quelques voitures de temps en temps, aucun villageois se promenant ou discutant sur le pas-de-porte comme autrefois.

La première personne que j'ai croisée sortait de la mairie, elle traversait la place sous les tilleuls qui faisaient figure de miniatures par rapport au platane qui se trouvait au centre et qui, lui, avait prospéré pendant toutes ces années.

Je continuai ma promenade, mon regard se portait en direction du lavoir carré qui avait entièrement disparu : à son emplacement, une partie goudronnée qui faisait office de parking.

C'était le lieu de rassemblement de Jacques, de Louise, la fille du boulanger, de Marie, la fille d'un agriculteur, et de moi, le petit Parisien qui n'habitait pas Paris, mais la banlieue nord et qui venait tous les ans au mois d'août avec ses parents passer quatre semaines chez son grand-père.

De nous quatre, Jacques était le plus âgé de deux ans, Marie, Louise et moi, on avait le même âge. Tous les ans, dès que j'arrivais, Jacques le savait, vu que tout se sait dans un village. Le grand-père était tellement heureux qu'il le disait au boulanger, sa fille prévenait Marie, sa meilleure amie, et quand j'allais chercher le pain, le premier jour des vacances, on reprenait nos habitudes. Le jour même, on se voyait au lavoir, notre point de rendez-vous.

Pendant des heures, on se racontait notre année scolaire, tout ce que l'on avait vécu pendant cette période, assis tous les quatre sur le muret. On ne faisait pas attention aux femmes qui venaient laver, agenouillées dans leur caisse et tapant avec leur battoir sur le linge, en se racontant les petites histoires du village.

Plus tard, à l'adolescence, je suis convaincu qu'elles rigolaient de nous voir ensemble. J'entends encore les rires de Marie, de Louise quand Jacques ou moi, on faisait le pitre en racontant des blagues.

Que sont devenus Louise et Jacques ? Marie est malheureusement décédée, il y a deux ans.

En me souvenant de cette époque, quand même lointaine, j'étais proche du premier café dans la rue principale, il était définitivement fermé depuis bien longtemps. Auparavant, il servait d'épicerie, de magasin pour les accessoires de pêche ; à côté, il y avait une vaste salle avec un comptoir. De grandes plaques de bois sur des tréteaux avec de chaque côté des bancs, servaient de table. Par terre, un vieux plancher dont les lattes craquaient à chaque pas.

Mes parents venaient parfois boire un verre avec mon oncle le maréchal-ferrant ou des amis, et aussi pour jouer aux cartes. C'était un lieu de rencontres pour passer une partie de la soirée avant le début de la télévision.

Au mur, il y avait toutes les affiches annonçant les festivités dans les villages avoisinants, les matchs de football, les courses cyclistes, les concours de pêche, les bals du samedi soir.

Il y avait constamment du monde, des habitants du village comme des gens de passage. Quand on ouvrait la porte, il y avait un brouhaha, certains parlaient fort, d'autres riaient aux éclats, et quelquefois, ils se disputaient, surtout les joueurs de belote.

J'aperçus une personne qui m'observait en écartant ses rideaux. Le café était devenu une habitation comme les autres, il restait quelques traces du passé, les anneaux sur le mur pour accrocher les chevaux et on pouvait encore lire le nom de l'établissement que le temps avait en partie effacé. Néanmoins, la bâtisse n'avait pas changé.

Je continuai mon chemin, un peu plus loin sur la droite, la boulangerie du père de Louise était également fermée, transformée certainement en habitation. Par la fenêtre, je remarque des enfants chahuter devant la télévision allumée.

En arrivant sur la place de l'église, enfin un commerce, la porte est ouverte, je pénètre à l'intérieur.

Je reconnais l'établissement : il existait déjà à l'époque, on venait voir des films de Don Camillo dans une salle sur la droite. Avec Louise, j'ai vu tous les films plusieurs fois. Chaque semaine, un itinérant passait, alors la salle se transformait en cinéma. Jacques ne venait pas, Marie non plus, son père lui interdisait de sortir le soir. Il est vrai que c'était plus facile pour Louise : la boulangerie était juste en face.

À l'intérieur, tout a changé : la salle qui servait à diffuser des films et parfois à des soirées dansantes est devenue désormais une épicerie avec dépôt de pain.

Je salue le commerçant d'un grand bonjour. Accoudé sur son comptoir, il lit son journal, il me fait un signe de la tête et poursuit sa lecture. J'en profite pour jeter un coup d'œil dans cette salle qui ne voit plus de soirée dansante, ni de film depuis une éternité.

Comme je me retourne, le commerçant referme son journal et me demande : « vous désirez ?

– Je vais prendre une bière, je constate que vous avez également du pain, je vais prendre une baguette. »

Il me sert ma bière, me prie de me servir pour le pain et retourne au bout du comptoir reprendre sa lecture. On ne peut pas dire qu'il soit bousculé par le nombre de clients. Je tente d'engager la conversation, seulement, je vois bien que je l'ennuie un peu.

« Tous les autres commerces sont fermés ?

– Eh oui, je suis le seul ouvert, vous connaissiez le village ? »

Enfin, il s'intéresse à moi :

« Oui, je venais en vacances chez mon grand-père, mais ça date de quarante ans au moins.

– Alors là ! Oui ! Vous devez trouver le village changé, d'après ce que l'on m'a dit, il y avait trois cafés, une boulangerie, une boucherie. »

Puisqu'il a l'air de vouloir discuter un peu, j'en profite.

« La boulangerie est fermée depuis longtemps ?

– Depuis cinq ans, peu de temps après que j'ai repris le bar. Le mari de la boulangère est décédé, son fils, qui a un commerce à Dun, n'a pas voulu la reprendre. C'est pour cette raison que je fais le dépôt de pain avec un peu d'épicerie.

– Ah d'accord, j'ai connu le boulanger quand j'étais en vacances, il était un ami de mon grand-père, il avait une fille.

– Eh bien, vous devez connaître la boulangère : elle a vendu suite au décès de son mari.

– Sûrement, je ne me rappelle que de son prénom, Louise. Elle n'habite plus le village ?

– Si sur la route de Dun, la dernière maison sur la gauche. »

J'étais ravi de l'apprendre. En définitive, ce commerçant avait toute ma sympathie, il venait de me donner la plus belle des nouvelles : Louise habitait toujours à Chalivoy.

Je n'ai pas eu la possibilité de poursuivre ma conversation, parce qu'à ce moment-là, le père Joseph entra dans le bar.

« Bonjour la compagnie.

– Bonjour, père Joseph. » Dit le patron.

Me voyant accoudé au comptoir, il me regarda.

« Alors le Parisien, on visite le village ?

– Oui, père Joseph, et je fais connaissance. »

Le commerçant se retourna.

« Pourquoi tu l'appelles le Parisien ?

– Bah, il vient de Paris, c'est lui qui a acheté la ferme de la pauvre Marie.

– Ah d'accord, vous venez passer votre retraite ou vos vacances ? Vous avez fait du bon boulot, car pour une ruine, c'était une ruine ! »

Je fais un signe d'acquiescement tout en buvant ma bière.

« Tout à fait, je suis en retraite, je vais venir la plupart du temps pendant plusieurs semaines, j'ai d'excellents souvenirs de Chalivoy et la région est magnifique. Malgré tout, le village me semble bien désert aujourd'hui. »

Déposant une bière devant le père Joseph qui n'avait rien commandé et qui devait avoir ses habitudes.

« Eh ! Oui, tout le monde travaille dans les grandes villes. C'est devenu un village dortoir, c'est comme ça à présent, la vie à la campagne. »

Je regarde le père Joseph qui commence à boire sa bière sans rien dire, sur son visage, on pouvait deviner tout le plaisir qu'il prenait à avaler la première gorgée. J'avais une question qui me trottait dans la tête, j'attendais qu'il repose son verre.

« Mais pourquoi, père Joseph, vous dites toujours pauvre Marie ?

– C'est une bien longue histoire, mon gars, un jour, je te raconterai, là, je ne dois pas trop tarder.

– C'est entendu, père Joseph, parce que j'ai bien connu Marie. »

Finissant sa bière, il hocha la tête.

« Oh ! Oui, je me rappelle, vous étiez généralement ensemble tous les deux, je te voyais aussi avec Louise et également le fils du sabotier.

– Ah, vous vous rappelez ! Bon, je vais aller finir mon installation, j'ai pas mal de cartons à vider. »

Le père Joseph qui avait terminé de boire.

« Eh oui, j'étais garde champêtre, donc j'observais tout. Bon courage, mon gars. »

Pendant toute cette conversation, le cafetier avait repris la lecture de son journal, indifférent à notre discussion. Je repartais, en arrivant devant la mairie, je pris la décision d'aller jeter un coup d'œil à la maison de mon grand-père, c'était à deux cents mètres sur la route de Bannegon.

Elle n'avait pratiquement pas changé, à part la grange qui se situait derrière et qui avait disparu, un garage l'avait remplacée.

Par contre, les toilettes extérieures existaient toujours, je ne pense pas que les propriétaires les utilisaient, ou peut-être pour ranger les outils. Le jardin par contre, comme le verger, semblait abandonné.

En face, il y avait une chaume sur laquelle on s'amusait tout gamin, elle avait complètement disparu et était remplacée par des logements neufs collés les uns aux autres. Je fis demi-tour pour remonter vers chez moi, bien décidé à faire un peu de rangement.

En arrivant sur le chemin, je vis au loin le père Joseph qui donnait à manger à son chien, il me fit un grand signe de la main, je fis de même.

Après avoir vidé quelques cartons, je passai une partie de l'après-midi assis sur le banc à côté de l'entrée pour profiter de la chaleur accumulée par les pierres tout au long de la journée.

Mes pensées me replongeaient dans cette période quand je venais, mais aussi les dernières années de mon adolescence et plus particulièrement l'année de mes dix-huit ans.

Ce mois d'août avait été merveilleux, c'était quelques mois avant de partir faire mon service militaire.

Chapitre II

Quand on venait chaque mois d'août à Chali-voy, c'était une vraie expédition : nous partions en voiture, une ancienne Peugeot noire, un mo-dèle très ancien. Il nous arrivait de tomber en panne avant d'atteindre notre but. Mon père s'est toujours débrouillé pour réparer cette vieille re-lique jusqu'à son dernier souffle.

Alors, notre moyen de transport était le train, d'abord celui de banlieue pour rejoindre Paris, ensuite, on gagnait la gare d'Austerlitz par le mé-tro pour prendre l'express afin de rallier la gare de Bourges.

J'adorais ce moyen de transport, je passais une bonne partie du trajet, c'est-à-dire plus de trois heures à me pencher par une fenêtre du cou-loir afin de voir la fumée de la locomotive et de regarder le paysage.

Parfois, je rentrais ma tête pour frotter mes yeux qui avaient reçu une escarbille. On n'avan-çait pas rapidement avec une locomotive à va-peur. Beaucoup moins vite que maintenant avec un TGV ; on avait le temps d'admirer le paysage, de saluer dans les prés les vaches qui nous voyaient passer.

De nos jours, les animaux ne lèvent même pas la tête pour saluer le train : le temps qu'elles fassent ce mouvement, il est déjà loin.

Notre destination était la gare de Bourges, seulement le voyage n'était pas terminé. Quand mon oncle de Paris, qui possédait une maison de campagne dans le même village que mon grand-père, était en vacances. Il venait nous chercher avec sa voiture, une Opel Capitan bleue avec le toit blanc et beaucoup de chromes.

C'était plus rapide et surtout plus confortable que le bus Citroën qui faisait les liaisons de Bourges vers la campagne.

Par contre, le bus était assez folklorique. Déjà, il s'arrêtait souvent, même au croisement d'une route ou d'un chemin, pour déposer une personne qui revenait du marché. Elle repartait avec une cage contenant de la volaille que le chauffeur déchargeait du coffre ou de la galerie.

À chaque arrêt, toute la carrosserie tremblait, néanmoins, c'était le seul moyen de transport dans les campagnes à cette époque, en dehors de la voiture.

Quand enfin, on arrivait au village, le car ne faisait qu'un court arrêt à la place de l'église devant un café qui est fermé depuis. Il servait de salle d'attente pour la ligne, le cafetier vendait les billets, les voyageurs en profitaient pour prendre une consommation en attendant le car. Après nous avoir déposés, il partait vers un autre village.

Alors, un ami du grand-père venait nous chercher, nous avions plusieurs valises, l'arrêt étant loin de chez lui.

Quand la voiture passait devant le lavoir, je savais que l'on était proche de notre destination. J'avais hâte de revoir le grand-père, ainsi que son jardin, son verger et surtout de retrouver mes amis.

Je savais que Marie, Louise et Jacques devaient être au courant de notre arrivée. D'ailleurs, une année, Louise m'attendait assise sur le rebord du lavoir. Quand la voiture passa, elle se leva pour me faire un grand signe avec un large sourire. J'étais impatient de les rencontrer.

La voiture s'immobilisait devant la grille, le grand-père arc-bouté sur sa canne apparaissait sur le perron avec son éternel chapeau noir en feutre, sa veste de paysan, sa montre à gousset accrochée à son gilet, heureux de nous voir.

Il avait du mal à marcher, une mauvaise blessure au pied l'empêchait de se déplacer normalement, il ne descendait que rarement l'escalier de pierre.

D'une année sur l'autre, rien ne changeait, notre grand-père ne vivait que l'été à Chalivoy, il passait le restant de l'année chez mon oncle, le maréchal-ferrant à quelques kilomètres.

Les jours s'écoulaient paisiblement. Après le repas de midi, on faisait une petite sieste sur la pelouse, enfin plutôt de l'herbe à vache comme on disait à l'époque, dans de vieilles chaises longues en bois et toile que l'on appelait des chiliennes. Après la sieste, j'allais rejoindre Louise et Jacques, je les connaissais depuis que je venais en vacances.

Louise aidait ses parents à la boulangerie, je la voyais tous les jours, surtout quand j'allais chercher le pain. Pour Jacques, par contre, ses parents étaient amis avec les miens. Donc tous les étés, on se retrouvait, on passait beaucoup de temps ensemble.

Marie ne venait pas habituellement au village, elle aidait ses parents à la ferme. Je l'ai vue pour la première fois quand je suis allé chercher du lait.

D'habitude, ma mère et mon père y allaient tous les soirs, c'était leur petite promenade avant le repas. Des amis venaient dîner, ma mère me demanda d'y aller, je n'en avais pas envie. Un peu contraint, je suis parti avec mon pot en direction de la ferme.

J'arrivai au bout du chemin quand je vis le fermier m'observant :

« Ah ! Tu veux du lait ? Va à l'étable, ma fille te servira. »

Il me tourna le dos ; à grands pas, il disparut dans le champ pour monter sur son tracteur.

En pénétrant lentement dans le bâtiment, je vis de dos une fille aux cheveux noirs attachés en queue-de-cheval, assise sur un tabouret. Elle se retourna brusquement, surprise d'entendre du bruit, et me voyant avec un pot à la main, elle me demanda.

« Ah ! Bonjour, tu veux du lait ? »

Elle me fixait, étonnée que je ne réponde pas. J'étais tétanisé, son sourire était moqueur.

Elle avait certainement le même âge que moi, je la regardai, je ne savais pas quoi dire, je tendis mon récipient.

Elle devait me trouver un peu godiche, seulement, la surprise fut totale pour moi.

Les jours suivants, je me portai volontaire pour cette corvée qui n'en était plus une, à la surprise de mes parents.

C'est comme ça que j'ai fait la connaissance de Marie, la meilleure amie de Louise, nous avions treize ans. Malheureusement, son père ne la laissait jamais sortir.

Elle travaillait sur l'exploitation avec ses parents pendant les vacances. Parfois, quand je discutais avec Jacques assis sur le mur du lavoir, on la voyait sur un vieux vélo.

Elle repassait ensuite avec un gros pain, nous faisait un petit signe avec un grand sourire. Je la suivais du regard jusqu'au moment où elle disparaissait pour prendre la direction de la ferme.

Un jour, elle se retourna, elle avait remarqué que je ne la quittais pas des yeux. Elle s'arrêta, me fit un petit signe de la main avec un sourire moqueur avant de repartir.

Pendant les quatre semaines que je passais dans le village, je ne l'apercevais que le soir en allant chercher le lait ou pendant l'assemblée, la fête de fin des moissons vers le quinze août.

Pour ces festivités, le village se préparait à vivre trois jours intenses, les cafés sortaient leurs tables dehors, on préparait les différentes attractions, course aux ânes, tir aux pigeons, course en sac et bien d'autres distractions pour célébrer cet événement.

Sur la place de l'église, le dancing était monté, les forains installaient le stand de tir, la loterie, la confiserie, le manège pour les petits, tout le monde se préparait pour que cette fête soit réussie.

Les gens du village ou des environs restaient très tard le soir aux terrasses des trois cafés. Cette fête commençait le vendredi soir, elle se terminait le dimanche soir.

Marie venait avec son vieux vélo nous rejoindre, elle le déposait à la boulangerie pour profiter des animations qui se passaient sur la place de l'église.

Elle ne restait pas tard, son père était sévère. Dès 18 h, elle reprenait sa bicyclette, nous faisait un signe et partait.

Pas contre, le restant du groupe, Jacques, Louise et moi, on pouvait continuer. C'était plus facile pour nous, nos parents se connaissaient. La plupart du temps, ils étaient en pleine discussion à la terrasse du café de la place.

Quand ils avaient terminé, on se séparait, on allait tous se coucher.

On marchait prudemment avec notre lampe électrique, parce que la route n'était pas éclairée, c'était notre petite balade nocturne.

En arrivant chez le grand-père, ce n'était pas rare que dans le fossé, on surprenne de petits lapins qui venaient manger l'herbe sur le bas-côté de la route. Dès qu'ils nous apercevaient, ils détalaient pour revenir après dans le faisceau de ma lampe. Quelquefois, je m'amusais à les éclairer, mais ils continuaient à manger.

On rentrait sans faire de bruit pour ne pas réveiller le grand-père qui devait dormir depuis longtemps. Je me glissais sous les draps avec au-dessus un gros édredon en plume et je m'endormais très vite.

Pendant cette période de fête, on participait dans la journée aux différents jeux organisés par la mairie ; course en sac, course aux ânes, défilé avec la fanfare avec des petites carrioles décorées.

Mais il y avait aussi un jeu que l'on aimait particulièrement, un gros pot en terre accroché au bout d'une corde à hauteur d'homme. Le but, c'était de le frapper les yeux bandés : on n'avait qu'une minute pour le casser avec un manche en bois, chacun son tour on passait pour essayer.

Celle qui réussissait généralement, c'était Marie. Quand on le cassait, des centaines de bonbons tombaient dans l'herbe, il fallait faire très vite, puisque tous les enfants se jetaient dessus.

Quand c'était le tour de Marie, on se tenait prêt pour rafler le maximum avant les autres, ensuite, on se les partageait parce qu'elle n'avait pas le temps de défaire son bandeau pour ramasser que tout avait disparu.

Pendant cette fête, on ne voyait Marie que l'après-midi, elle travaillait tous les matins avec son père. Son absence se ressentait, vu que c'était un vrai garçon manqué, un boute-en-train. En définitive, on était moins intrépides sans elle.

On attendait qu'elle soit là, elle avait continuellement d'excellentes idées pour passer une agréable journée.

Durant la fête, il y avait une tradition : le samedi, on apportait des fruits du verger chez le boulanger. Ça me donnait l'occasion de voir Louise.

Elle aidait ses parents, car beaucoup de villageois amenaient leurs cueillettes pour que son père confectionne des tartes cuites au feu de bois pour le lendemain.

Nous n'allions pas à la messe le dimanche matin, par contre j'accompagnais régulièrement mon père vers midi pour rechercher les tartes et prendre le pain.

En même temps, je faisais un petit coucou à Louise qui, avec ses parents servait les clients.

Elle mettait toujours une belle robe, ses cheveux blonds étaient bien coiffés, elle avait un grand sourire quand elle me voyait, moi, je lui faisais un clin d'œil, on était très complices.

Il y avait beaucoup de monde, on se voyait brièvement.

« Jean, tu sors cet après-midi ? »

Je n'avais pas le temps de parler que mon père avait donné sa réponse.

« Pas avant 16 h, nous avons le repas de famille. »

Comme tous les ans, les oncles, les tantes venaient nous rejoindre chez le grand-père le dimanche de l'assemblée pour participer à un grand repas.

Louise faisait un signe d'approbation de la tête tout en servant déjà une autre cliente.

« Jean, on se retrouve comme d'habitude. »

Un bref signe et j'emboîtais le pas de mon père qui était déjà sorti de la boutique, mais j'entendais la voix de Louise qui me rappelait.

« Jean, n'oublie pas ton pain ! »

Effectivement, j'étais parti tellement vite que je n'avais pas pris le gros pain de quatre livres, bien croustillant. Mon regard se portant sur Louise, je vis ses yeux regardant le plafond en bougeant sa tête de gauche à droite, avec un sourire taquin.

Mon père se dépêchait, toute la famille devait être déjà là, il portait les deux tartes avec beaucoup de précautions afin de ne pas les abîmer, moi, j'avais le pain dans mes bras, il sentait bon, l'idée me traversa l'esprit d'en prendre un morceau, le regard de mon père m'en dissuada très rapidement. Il avait deviné et peut-être la même envie.

Le grand-père n'aurait pas apprécié. Il avait des principes, on était tenu de les respecter. Le pain devait être intact sur la grande table de la salle à manger.

Tous ces repas de famille, quand on est adolescent sont embêtants, tout le monde discute, le repas dure des heures, on attend qu'une seule chose, le dessert, c'est-à-dire la fin des agapes.

Pendant ce temps, je regardais la Comtoise dont les aiguilles ne tournaient pas assez vite à mon goût, je souhaitais déjà être à 16 h, pour rejoindre Louise, Marie et Jacques.

Vers la fin du repas, j'aperçois ma mère apporter le dessert. Quel bonheur de manger ces merveilleuses tartes cuites au feu de bois, un véritable régal.

Je n'ai pas mis longtemps à avaler ma part, je scrutais mon père avec insistance pour qu'il me fasse le signe qui me permettrait de sortir de table. Le grand-père, lui, avait rangé son couteau, essuyé sa moustache et avait pris congé pour se reposer dans sa chambre.

Mais mon père discutait, il ne voyait pas mon regard qui était fixé sur lui. D'un seul coup, il tourna la tête, me fit signe que je pouvais m'échapper. Je ne mettais pas longtemps à descendre l'escalier de pierre.

J'arrivais pile à 16 h au rendez-vous qui était tout simplement notre point de rencontre habituel, le fameux lavoir. Louise était déjà là, dans sa belle robe, assise sur le muret, elle souriait, elle voyait que je me pressais pour être à l'heure.

« Ne te dépêche pas, Marie ne vient pas : je l'ai vue à la boulangerie juste avant la fermeture. Je viens de voir Jacques dans la voiture de ses parents, on ne sera que tous les deux cet après-midi. »

On passa le restant de la journée à discuter, à plaisanter, je devais impérativement rentrer pour 18 h, avant le départ des invités.

Je ne tenais pas à arriver en retard, les louper signifiait que je ne pourrais pas sortir le soir à la fête avec mes amis, surtout que c'était la dernière soirée.

Il était 21 h quand j'ai pu rejoindre Louise sur la place de l'église, mes parents me suivaient tranquillement.

Elle était assise à côté de son père qui était en pleine discussion avec d'autres personnes attablées à la terrasse du café. Du dancing, une musique nous parvenait quand les danseurs ouvraient la porte, tout le monde en profitait, malheureusement, à minuit, tout serait terminé. Il faisait doux pendant cette dernière soirée.

Dans la journée, il avait fait une chaleur difficile à supporter, il y avait beaucoup de monde aux terrasses pour la fin des festivités. Demain, on observerait les forains démonter le matériel, en fin de journée, la place serait déserte.

Ces trois jours de fêtes passaient malheureusement trop vite. Pour moi, ça annonçait que mes vacances allaient bientôt se terminer. Il me restait encore un peu plus d'une dizaine de jours, j'allais absolument en profiter un maximum.

Louise me vit arriver, elle se leva pour venir vers moi.

« Tu es seul Jean ?

– Oui, je n'ai pas vu Jacques, la voiture de ses parents n'est pas là, ils ne sont pas encore rentrés. Tu n'as pas vu Marie ? »

Louise hocha la tête en faisant la moue.

« Non, elle ne viendra pas. Son père ne veut pas qu'elle sorte le soir, il ne vient jamais à la fête, donc on la verra éventuellement demain dans la journée. »

Les vacances continuaient à un rythme que j'aurais désiré ralentir. Les derniers jours passaient encore plus vite, beaucoup trop vite.

La veille du départ, je faisais un dernier tour à vélo pour garder le plus de souvenirs possibles de mes merveilleuses vacances avant que ma bicyclette ne prenne également le train du retour.

On se retrouvait pour se dire au revoir au lavoir, l'ambiance n'était plus comme d'habitude, Louise était attristée, Jacques ne parlait plus, on était là à se regarder sans éprouver le désir de s'amuser.

Je m'efforçais de voir Marie, la plupart du temps elle était introuvable, sûrement au travail dans les champs, alors Louise me promettait de lui dire au revoir pour moi, on se donnait rendez-vous l'année prochaine.

Le départ était toujours un peu triste, je faisais le tour du jardin, la voiture de notre oncle était devant la porte, mon père chargeait les bagages, on embrassait notre grand-père qui allait se retrouver tout seul pendant quelques semaines.

Ensuite, il partirait à Thaumiers pour passer l'hiver chez ma tante ; sa fille.

Un bref regard sur la campagne environnante, puis je m'engouffrais dans la voiture pour revenir dans un an. En passant devant la boulangerie, Louise était sur le pas de la porte pour me faire un signe de la main. Elle connaissait notre heure de départ, elle devait être là depuis un moment pour ne pas nous louper.

Tous les ans, ce n'était pas agréable de partir, seulement, on avait conscience que l'année suivante, on allait se retrouver.

Chapitre III

Une légère brise vient me sortir de mes pensées, le soleil est presque couché, il doit être tard. À force de rêvasser, je n'ai pas trop avancé dans mon rangement.

Je vais jeter un coup d'œil dans la grange pour voir ce que je vais garder des vieux meubles de Marie entreposés depuis le commencement des travaux.

Quand j'ai acheté les bâtiments, tout était resté intact, comme si le temps s'était arrêté depuis sa mort. La poussière avait envahi la maison ainsi que les toiles d'araignées qui régnaient en maître dans chaque pièce. Les murs de la cuisine, de la grande salle étaient noircis par la fumée de la cheminée et de la vieille cuisinière en fonte.

Avec le notaire qui me faisait visiter, on avait tout ouvert pour avoir non seulement de la clarté, mais pour pouvoir respirer normalement. On avait du mal, il flottait dans l'air une odeur de renfermé, et dans chaque pièce, je ressentais une certaine tristesse, un mal-être s'en dégageait.

Personne n'avait eu l'intention d'acheter cette bâtisse : tout était à refaire, c'est indéniable, même le toit était mal en point.

Après la visite, j'avais pris une option : je désirais consulter un entrepreneur avant de me décider. Ma première idée, c'était de racheter la demeure de mon grand-père. Malheureusement, elle n'était pas à vendre.

La ferme était un souvenir de ma jeunesse, je pris donc la décision de l'acquérir malgré le devis important pour la rendre habitable.

Elle était en vente depuis un an : l'étude notariale avait vu beaucoup de gens intéressés qui s'étaient rétractés au dernier moment, compte tenu de l'ampleur des travaux.

La rénovation a duré plusieurs mois, je suis satisfait du résultat, néanmoins un peu déçu de revenir dans un village qui était tellement dynamique et qui semble mort. Peut-être l'impression des premiers jours.

Il est essentiel que je reprenne contact avec Louise, Jacques est à Bourges ; d'après le père Joseph, il a conservé la maison familiale au village, j'ai la possibilité de le rencontrer. Sa demeure est dans la rue principale devant la place de la mairie. En passant devant, si je vois les volets ouverts, je tenterai ma chance. Après quarante ans, j'espère qu'il acceptera de me rencontrer.

Il est vrai qu'après le décès de mon grand-père, je n'ai remis les pieds à Chalivoy que lors d'un passage rapide pendant un déplacement professionnel.

J'étais passé à la ferme de Marie sans rencontrer personne, toute la famille devait travailler dans les champs. En repartant, je m'étais arrêté à la boulangerie, je n'avais pas reconnu les occupants, le domicile de Jacques était fermé. J'étais donc reparti à Paris, le travail m'attendait. Cette parenthèse avait été de courte durée, c'était juste après mon divorce, il y a environ vingt ans.

Il commençait à faire nuit, il était temps d'arrêter le rangement ; il faisait sombre dans la grange. J'avais trouvé dans la plus grande pièce, un grand fauteuil très ancien dont le siège était usé, les accoudoirs en bois patinés par le temps.

Je ne savais pas si j'allais le garder, toutefois, en m'asseyant dedans, je le trouvai encore très confortable.

Assis, je regardais par la porte de la grange que j'avais laissée ouverte, un point lumineux dans le ciel avançait, certainement un avion qui passait. Par cette belle soirée d'août, la pleine lune éclairait la cour.

Je pensai de nouveau à Marie qui avait vécu dans ce lieu. Elle me manquait comme Louise et Jacques, ou c'est probablement cette période d'une jeunesse insouciante que l'on avait traversée ensemble qui me rendait mélancolique.

Je la revois dans ce bâtiment à côté de la maison dans lequel je venais chercher le lait. Pendant toutes ces années, ma mère n'avait pas besoin de m'obliger : ce n'était pas une corvée. Au contraire, quand on n'avait pas besoin de lait, je passais voir Marie quand même.

Seulement, il ne fallait pas que je croise son père, autrement sans pot à la main, il me priait de me promener ailleurs, de ne pas déranger sa fille dans son travail.

Donc je guettais dans le chemin, caché derrière un arbre, et, si son paternel n'était pas là, je venais discrètement la voir. Sa mère s'était aperçue de mon manège.

« Alors, Jean, pas besoin de lait aujourd'hui ? »

Avec un grand sourire, qui en disait long, puis, elle s'éloignait, j'entrais dans le local et j'admirais Marie faire la traite des vaches tout en plaisantant avec elle. Elle était constamment en salopette, ses longs cheveux noirs attachés par un élastique. Elle était ravie de me voir, parce que le travail est rude et elle n'avait pas le temps de faire une pause pour venir nous rejoindre au village, afin de se distraire.

Je l'entends encore plaisanter.

« Jean, tu veux essayer de traire ?

– Non, je n'ai pas l'intention de saboter ton travail, et si ton père entre, je crois qu'il n'appréciera pas ma présence. Il va m'ordonner de partir, tu risques d'avoir des reproches et je n'aurais plus la possibilité de te voir.

– Je pourrais te montrer : ce n'est pas dans la région parisienne que tu apprendras à traire. »

Elle riait aux éclats. Je me plaisais à l'observer, assise sur son petit tabouret à trois pieds. Sa mère, qui repassait m'ordonna de partir, son mari revenant des champs. Je quittais rapidement Marie en lui faisant un signe discret, j'accélérais le pas pour me camoufler derrière la haie et je disparaissais en un rien de temps.

Je sortis brutalement de mes pensées, la porte de la grange se referma brusquement poussée par un coup de vent, je me levai d'un bond pour la retenir, il était temps que je rentre, je finirai demain, j'avais tout mon temps.

La soirée passa très vite à lire un bouquin que j'avais trouvé dans un meuble, je n'avais pas encore installé la télévision, elle ne me manquait pas.

Je percevais au loin le bruit de la moissonneuse qui travaillait, le ciel était clair, le fermier devait en profiter.

Je fus réveillé soudainement par un bruit qui venait du dehors. Je m'étais assoupi en lisant, en sursautant je fis faire un bond au livre qui atterrit sur le carrelage.

Je sortis sur le pas-de-porte, je tendis l'oreille, rien à part le moteur de la moissonneuse.

Brusquement, je vis une chouette posée sur la barrière qui me scrutait, elle n'avait pas l'air effrayée. Quand je me suis approché pour la voir de plus près, d'un seul coup, elle s'envola pour se réfugier sur la branche d'un arbre pour être à bonne distance. J'en profitai pour aller me coucher, il était tard.

En me réveillant, je n'entendais plus la moissonneuse, mais le coq du père Joseph, là, il était lointain. Je suppose qu'il avait pris ses précautions pour qu'il ne vienne plus me déranger.

Ce matin, j'avais décidé de faire un petit tour à Dun. En quittant le village, je ralentissais devant la dernière maison pour voir l'endroit où habitait Louise. Je m'arrêtai un instant, c'est donc ici, dans cette superbe maison avec un jardin bien entretenu ! Elle ne devait pas être là, la barrière était grande ouverte, il n'y avait pas de voiture dans l'allée.

Je continuai mon chemin en direction de Dun. Dans les champs, les fermiers poursuivaient leur travail. Comme chaque année, tout serait terminé pour le quinze août, maintenant, d'après ce que l'on m'avait dit, il n'y avait plus la fête de fin des moissons depuis bien longtemps.

Des fermes avaient disparu, ou avaient été rachetées, il n'y avait plus que deux grands propriétaires terriens qui cultivaient l'ensemble des champs.

J'arrivai très rapidement à l'entrée de la ville, il y avait un parking sur la grande place qui servait à l'époque pour la foire ou le marché.

La ville n'avait pas trop changé, je passai devant une boulangerie, je fus attiré par les gâteaux se trouvant dans la vitrine.

Je ne me suis pas fait prier, j'entrai pour prendre du pain ainsi qu'une pâtisserie.

Je me dirigeai vers ma voiture avec un gros pain croustillant d'une livre dans une main, comme ceux que l'on pouvait acheter dans la boutique de Louise et dans l'autre la pâtisserie.

J'arrivai à peine à ma voiture, quand une voix m'interpella.

« S'il vous plaît, Monsieur... Monsieur ! »

Intrigué, je me retournai, je vis une dame de l'autre côté de la route devant la boulangerie. Elle me regardait avec insistance, c'était apparemment elle qui m'avait appelé.

Je ne mis pas longtemps à reconnaître Louise ; elle traversa la route rapidement devant une voiture qui klaxonna, elle fit un signe de la main au conducteur pour s'excuser et s'approcha de moi.

« C'est réellement toi, Jean ? Ce n'est pas possible. Après toutes ces années... Que je suis heureuse de te revoir. »

Elle n'avait pas changé, à part les années qui étaient passées, comme pour moi d'ailleurs. C'était une merveilleuse rencontre, car je ne savais pas comment reprendre contact avec elle, c'était délicat après tout ce temps. Je pensai à ce moment-là que le destin avait bien fait les choses.

Elle était exaltée de me rencontrer, je dois dire que moi aussi, je ne parvenais pas à le croire.

Franchement, je ne me doutais pas qu'aujourd'hui, en décidant d'aller à Dun, je croiserai Louise. Elle était rayonnante, médusée de me trouver à cet endroit. Je ne savais pas comment on avait pu se retrouver ainsi.

« Mais que fais-tu ici ? Tu es de passage ? Il est impératif que tu viennes manger chez moi, tu repars quand ? »

J'étais submergé de questions et en même temps extrêmement heureux. Elle était tellement enthousiaste que j'avais du mal à placer un mot.

« Je ne repars pas pour l'instant, je reste dans la région pendant quelques semaines.

— Ah ! Oui, c'est épatant, il faut que l'on se voit, c'est incroyable, tu es à l'hôtel à Dun, tu loges où ?

— Non, j'ai acheté la ferme de Marie, j'habite au village !

— Ce n'est pas possible ! C'est donc toi ! En aucune façon je ne me serais doutée que tu étais l'acheteur. Dans le village, tout le monde parlait d'un Parisien sans prononcer son nom. C'est ines-

péré, j'habite sur la route de Dun à la sortie du village.

— Oui, je sais, le père Joseph me l'a dit.

— Ah ! Oui, le père Joseph, ton voisin, bien
sûr, c'est dingue, mais formidable, tu serais tout
de même venu me voir ?

— Absolument... Je ne sais pas quand, parce
que ça fait tellement longtemps, j'attendais l'occasion.

— Tu n'as plus à chercher un prétexte, tu n'attends pas, c'est ma pauvre Marie qui aurait été réjouie. Tu sais que Jacques est à Bourges, je vais
lui téléphoner pour l'informer, il sera content
d'avoir de tes nouvelles.

Bon, je vais te laisser, j'étais venu donner un
coup de main à mon fils et à ma belle-fille à la
boulangerie. Je n'ai pas beaucoup de temps, tu
passes quand tu veux.

Si la voiture est dans la cour, c'est que je suis
là. Si tu ne viens pas, je débarque chez toi. Je sens
que ma journée va être magnifique. »

Je n'en revenais pas, c'était incroyable, il y
avait trois boulangeries dans cette ville, j'étais entré dans celle de son fils.

Pour moi aussi, la journée commençait bien, je remontai dans ma voiture, Louise me regarda partir en me faisant un grand signe de la main et je rentrai au village.

À peine arrivé, je repris mon rangement tout en pensant à ma rencontre avec Louise. Quel bonheur de la voir, elle est toujours aussi pétillante.

En pensant à elle, des souvenirs refirent surface et me firent sourire. Ils me donnaient encore plus de courage pour avancer dans mon installation. Dans l'euphorie, je déplaçais des cartons sans savoir manifestement ce que je désirais en faire.

Chapitre IV

La journée s'est bien déroulée, j'ai bien avancé. Il me reste encore tous les meubles de Marie. Je m'en occuperai plus tard ; j'ai certainement du vide à faire, de vieilles affaires à jeter, puisque tout est resté là, dans les armoires depuis son décès.

Il n'y a que quelques fringues lui appartenant, apparemment rien de son père, quelques vêtements de sa mère. Je pense que Marie avait avant tout fait le tri. J'ai le local dans lequel elle faisait la traite que je n'ai pas vidé non plus, chaque chose en son temps : demain sera un autre jour.

Après une bonne nuit sans aucun bruit, j'ouvris les volets, les rayons du soleil pénétraient dans la pièce, le ciel était bleu avec quelques nuages blancs, encore une superbe journée d'été en perspective.

J'entendais quelques vaches meugler au loin. J'adorais ces bruits de la campagne. Quand j'étais gamin chez le grand-père, il n'y avait pas de wc à l'intérieur, alors le soir, avant de me coucher, j'allais dans la petite cabane dans un coin du jardin, avec ma lampe électrique. Assis sur la planche de bois, je laissais la porte ouverte car à proximité, il y avait un pré avec des vaches.

Elles étaient certainement attirées par la lumière, elles venaient à ma rencontre, moi, je restais parfois une heure assis à discuter avec elles. Très souvent, ma mère, s'inquiétant de ne pas me voir revenir, demandait à mon père d'aller vérifier si tout allait bien. Il me trouvait en pleine conversation avec le troupeau.

Je revins soudainement à la réalité, une voiture venait de s'arrêter dans la cour. En regardant par la fenêtre, je vis Louise sortir de son automobile, elle me fit un signe avec un grand sourire ; elle avait à la main une poche en papier qui ressemblait fortement à un sac de croissants. J'ai à peine eu le temps de lui ouvrir la porte, qu'elle était déjà devant moi.

« Je t'ai apporté des viennoiseries, tu m'offres le café ?

– Bien sûr, Louise. Entre, franchement, là, c'est un accueil digne d'un roi !

– Tu sais, Jean, je n'ai pas bien dormi, ça fait tellement longtemps que l'on ne s'est pas vu, j'étais impatiente de te revoir. Je n'ai pas cessé de penser aux vacances d'antan que l'on passait ensemble tous les quatre, mais surtout à la dernière fois que tu es venu. J'avais tant espéré que tu reviennes.

Hier, j'étais tellement enthousiasmée de te retrouver que mon fils m'a demandé ce que j'avais à être aussi gaie. Comme il y avait beaucoup de monde dans la boutique, je lui ai raconté brièvement notre histoire. Il était ravi pour moi. Alors voilà, ta nouvelle demeure ! Elle a grandement changé, c'était dans un sale état, tu as tout refait, c'est superbement arrangé.

Que sont devenus les meubles, les affaires de Marie ? »

Je déposai la cafetière sur la table pour lui répondre.

« J'ai tout mis dans la grange pour l'instant, je vais voir ce que je garde. Si tu veux quelque chose, tu me le dis ! »

Pendant que je versais le café, Louise me dévisageait, je me doutais qu'elle allait me poser des questions.

« Alors, tu as fait quoi pendant toutes ces années ? Car on ne s'est pas revu depuis nos dix-huit ans !

– Bah ! Tu sais, je suis parti au service militaire quelques mois après les vacances, donc déjà, je n'ai pas pu réaliser grand-chose. Il m'était impossible de me rendre à l'enterrement de mon grand-père, j'étais en manœuvre. J'ai vraiment regretté, seulement, comment faire autrement.

– Oui, c'est exact, j'espérais te trouver à la cérémonie. Toutefois, tes parents en passant à la boulangerie l'ont dit à mon père. J'étais un peu déçue.

– Moi aussi, j'aurais bien voulu être présent et vous croiser tous les trois, mais bon !

– Oui, encore plus frustrée, parce que j'ai entendu mon père qui confirmait que tes parents ne passeraient plus les vacances dans le village. Attendu que la maison de ton grand-père serait vendue, donc je savais que toi non plus, tu ne reviendrais probablement pas.

J'avais ton adresse, j'ai hésité à t'écrire, je savais que ton service militaire était long. Seulement, j'espérais que tu nous retrouverais après. Le mois d'août sans toi ne serait plus pareil. Quand tu étais là, on passait de superbes vacances ensemble.

– Oui, c'est vrai, lors du premier mois d'août à l'armée, je ne cessais de penser à vous trois. Quand j'ai fini mon service, je n'avais pas trop le moral, je me suis mis à travailler. Après quelques années, j'ai rencontré la mère de mes enfants, j'en ai eu trois et j'ai deux petits-enfants.

Ensuite, le boulot, le temps passe vite. J'ai divorcé il y a vingt ans, à présent me voilà à nouveau dans le village.

– Et toi, j'ai appris que tu as perdu ton mari il y a cinq ans, je sais aussi que tu as un fils qui est boulanger. »

Elle pouffa de rire.

« Tout à fait, tu le verras probablement, il vient fréquemment au village me voir avec mes deux petits-enfants. Je ne sais pas si tu te rappelles, mon père avait embauché un apprenti, il est devenu mon mari quelques années après ton départ.

– C'est donc lui que j'ai vu dans la boutique quand je suis passé lors d'un déplacement dans la région. J'avais fait un bref détour par le village, il y a environ vingt ans, juste après mon divorce.

– Ce ne peut être que lui, vu que mon fils était en apprentissage chez son patron boulanger à Dun. Je suis heureuse que tu sois là, après toutes ces années. Tu n'as pas changé, tu n'as pas trouvé de compagne après ton divorce ? »

Je regardais Louise, j'étais surpris par sa question, elle le remarqua.

« Non, je n'ai pas cherché non plus ; le travail m'a submergé, et toi ?

– Non plus, tu sais à mon âge, je m'occupe de mes petits-enfants, je me balade, un peu de lecture, mon jardin, un petit coup de main à la boulangerie, la journée est vite passée.

– Pourtant, tu es toujours aussi ravissante.

– Constamment à faire des compliments... Effectivement, pour quelqu'un qui approche les soixante ans, ça va. Par contre, à l'époque, tu regardais davantage Marie que moi. »

Elle souriait en prononçant ces dernières paroles, me fixant dans l'attente de ma réaction. Je souris également, alors elle enchaîna rapidement.

« Bien que l'on passait plus de temps ensemble, car Marie travaillait... Il faudra que je te montre une photo que Jacques avait prise de toi avec Marie à ta droite, moi à ta gauche, la prochaine fois que l'on se verra.

Elle te rappellera d'excellents souvenirs.

– Oui, effectivement. Mais, quand j'étais avec toi, je n'arrêtais pas de te dévisager également... Qu'est devenue Marie pendant toutes ces années ?

– Elle a eu une triste vie, je te la raconterai. Il est nécessaire que l'on ait le temps : c'est une longue histoire.

– Bon, après toutes ces paroles, je dois partir. Merci pour ton café. Tu viens manger dimanche midi, nous serons seuls, on pourra parler du bon vieux temps et j'espère retrouver la photo.

– Oui, bien sûr, je t'apporte quoi ? »

Elle éclata de rire.

« Tu n'as pas changé... Toi et rien d'autre !

– D'accord, je passerai chez ton fils pour prendre un dessert et du pain : il est si bon ! »

Louise s'engouffra dans sa voiture, elle fit un demi-tour rapide, klaxonna en me faisant un signe de la main. Après lui avoir répondu, je la suivis du regard s'éloigner vers le centre du village. Elle était toujours aussi dynamique et séduisante.

Bon, allez, je vais continuer mon travail dans la grange, trier les affaires de Marie, voir s'il y a des souvenirs pour Louise ou si je garde certains meubles.

La journée passa très vite, il n'y avait pas grand-chose, des papiers personnels dont je ne savais pas du tout quoi faire à part les mettre dans des cartons.

La ferme après le décès de Marie avait été complètement abandonnée, pourtant, il restait une armoire que je n'avais pas explorée, celle qui était dans sa chambre.

Il y avait du linge, des vêtements accrochés à d'anciens cintres en bois, et surtout une vieille robe poussiéreuse jaune qui me rappelait les fois où elle s'esquivait en cachette pour nous rejoindre le soir.

Elle partait par les champs avec sa salopette de travail pour rejoindre Louise à la boulangerie et se métamorphoser en une ravissante jeune femme. Je ne sais pas pourquoi elle avait gardé cet habit d'adolescente.

Elle était élégante, la petite brune aux yeux noisette dans sa superbe robe jaune que sa mère lui avait achetée pour ses dix-sept ans. Sa mère, d'ailleurs, était au courant de ses escapades. Malgré tout, elle fermait les yeux pour le bonheur de sa fille en priant pour que le patriarche ne s'en aperçoive pas.

Le restant était de vieilles affaires de travail, dont sa salopette qui lui donnait un air de sauvageonne qui me plaisait quand j'allais chercher le lait. Il n'y avait pas beaucoup de vêtements. Je me demande comment était sa vie pendant toutes ces années.

Je laissai la robe ainsi que la salopette sur un cintre, je jetai le reste dans un carton.

Je refermai les portes de la grange, j'allai m'asseoir sur le banc de pierre pour regarder le coucher de soleil. Je ne pouvais pas m'empêcher de songer à Marie quand elle repartait le soir se changer chez Louise pour remettre sa tenue de travail afin de rentrer le plus discrètement possible chez elle.

Elle m'avait expliqué que son père se couchait très tôt, puisqu'il se levait à 5 h du matin. Sa chambre donnait sur les près, elle laissait sa fenêtre entrouverte pour pouvoir la pousser à son retour et rentrer sans faire de bruit.

Elle ne tenait pas à réveiller ses parents et surtout pas son père qui aurait poussé une colère. Il ne supportait pas que sa fille sorte le soir, heureusement que personne n'a été mouchardé à son paternel.

Le soir, il n'y avait que très peu de gens dans la rue, sauf pour la fête de l'assemblée. Les chances qu'il l'apprenne étaient minces, compte tenu qu'il n'était guère aimé dans le village.

Elle faisait attention quand elle revenait. Même son chien était son complice : il n'aboyait pas. Marie savait le récompenser par de gros câlins. Sa mère, connaissant sa façon de s'évader, ne disait rien, elle faisait en sorte que Marie soit heureuse, qu'elle profite un peu de la vie comme les jeunes de son âge.

Ce n'était pas aisé avec son mari qui était très rude au travail ; il avait eu une fille, il aurait vraisemblablement préféré avoir un garçon pour poursuivre l'exploitation.

Chapitre V

La sonnerie de mon téléphone me fit sursauter : c'était un de mes enfants qui prenait de mes nouvelles, il commençait à se faire du souci. Depuis quelques jours, entre le rangement et la rencontre avec Louise, j'avais complètement oublié de les contacter.

Je le rassurai en lui disant que j'étais bien, surtout qu'il ne s'inquiète pas, j'avais revu une connaissance. Je confirmai que je rappellerai plus souvent.

Les jours ont passé très vite depuis mon emménagement et ils ont été un peu bouleversés par les retrouvailles. On arrivait à la fin de la semaine, je me levai heureux d'être à dimanche.

Quelle merveilleuse journée s'annonçait, je devais déjeuner chez Louise ! La matinée a défilé, je me préparai, je ne devais pas oublier de passer à la boulangerie afin de prendre le dessert. En même temps, j'irai chez la fleuriste qui se trouve juste à côté.

En partant, je ralentis devant chez Louise, elle avait déjà ouvert le portail, je continuai mon chemin. En arrivant à Dun, le parking était pratiquement complet : le dimanche matin, c'était jour de marché.

Quand j'entrai dans la boulangerie, son fils, derrière le comptoir, discutait avec une cliente. Son regard se porta sur moi, il termina sa discussion puis s'approcha.

« D'après la description de ma mère, je suppose que vous devez être Jean ! »

Je lui souris et lui fis un signe d'approbation de la tête.

« Effectivement, pouvez-vous me dire ce que préfère votre mère en pâtisserie ?

– Elle est très gourmande, pratiquement tout ce que vous voyez dans la vitrine. Par contre, elle a un penchant pour le Paris-Brest et le mille-feuille !

– Eh bien ! Je vais prendre deux gâteaux de chaque avec un pain de campagne. »

Après avoir réglé, je tournai les talons, j'entendis la voix de son fils.

« Au revoir, donnez le bonjour à ma mère ; vous pouvez lui dire que je passerai en fin de journée avec les enfants.

– Merci, je lui transmettrai, bonne journée. »

Je sortis pour me rendre chez la fleuriste qui était juste à côté. Je sentis le regard du boulanger qui me suivait.

Quand je repassai à nouveau devant la boutique pour me rendre au parking, j'eus la même sensation ; je me suis retourné : effectivement, il me dévisageait, il me fit un signe de la main, j'étais dans l'incapacité de lui répondre, parce qu'entre les gâteaux, le pain et les fleurs, j'avais les mains prises.

J'arrivai chez Louise, je pénétrai dans son allée, elle ne tarda pas à apparaître avec un sourire bienveillant en voyant les pâtisseries. Elle portait une robe rouge qui allait très bien avec sa chevelure blonde lâchée sur ses épaules.

Quand elle vit le bouquet de fleurs sur la banquette arrière, elle le prit dans ses bras.

« Jean, il ne fallait pas, mais ça me fait énormément plaisir ! »

Je lui racontai mon entrevue avec son fils, elle pouffa de rire.

« Je me doutais qu'il te servirait. Je lui avais annoncé que tu passerais ce matin avant midi et tu mangerais avec moi, alors le fiston a dû t'examiner, peut-être qu'il était depuis plusieurs minutes dans la boutique pour ne pas te louper ! Tu me confirmes qu'il viendra en fin de journée, je pouvais l'imaginer !

– Ah ! C'est normal, il est fils unique, il tient à protéger sa mère ! Comment vas-tu, Louise ?

– Ça fait très longtemps que je ne me suis pas senti aussi bien, viens, je vais te faire visiter. »

On passa dans toutes les pièces, on en profita pour déposer le dessert dans la cuisine. Sa maison était spacieuse pour une femme seule, mais arrangée avec beaucoup de goût.

Une fois la visite terminée, elle me montra son jardin. Elle devait adorer l'entretenir, ses massifs étaient très colorés par de nombreuses variétés de fleurs et d'arbustes. Sur la gauche, proche de l'habitation, sur une belle pelouse, il y avait une tonnelle sous laquelle elle avait dressé la table. Au passage, dans la cuisine, elle avait pris un vase pour mettre le bouquet qu'elle déposa entre nos assiettes.

Je l'écoutais religieusement en buvant toutes ses paroles ; elle s'arrêta un bref instant.

« Tu me regardes de la même façon qu'autrefois, quand on était tous les deux sur le muret du lavoir ! Il y a bien longtemps. Tu m'impressionnes ! »

Elle souriait en me prenant par le bras et rajouta en plaisantant.

« Uniquement quand Marie n'était pas là !

– À l'époque, je vous adorais toutes les deux, pourtant j'étais plus souvent avec toi.

– Exact, je n'ai pas compris pourquoi tu n'es en aucune façon revenu au village avant. Tu aurais pu habiter chez ta tante qui avait repris la maison de ton grand-père. Tu m'as énormément manqué.

– Certainement, seulement parfois, c'est la vie qui décide pour nous.

– Oui ! Sur ces bonnes paroles, on va déjeuner. »

Pendant tout le repas, on a continué à évoquer nos souvenirs, elle riait à chaque anecdote, on parla de notre vie, on avait tant de choses à se raconter.

Toutes ces journées d'adolescence ! Que de bons moments. C'était un retour vers le passé. On se sentait bien, on retrouvait notre complicité.

Elle remarqua mon trouble durant l'évocation d'une période.

« Tu penses à quoi en cet instant ?

– Au mois d'août de nos dix-huit ans, la dernière fois que l'on s'est vu.

– Jean, il est vrai que l'on a passé de merveilleuses vacances ensemble, il ne faut pas être nostalgique. On a vécu chacun de notre côté. J'ai été heureuse avec mon mari, et toi avec ton épouse. Bon, c'est exact, tu as divorcé, moi, j'ai perdu mon époux, néanmoins, regarde, on s'est retrouvé, c'est inespéré, jamais je n'aurais cru même si on me l'avait prédit qu'un jour, on se reverrait. »

Louise me souriait, son regard me fixait, je devinais qu'elle était bien.

« Effectivement, tu as raison. Profitons de notre agréable après-midi. Moi non plus, je ne pensais pas qu'en achetant la ferme de Marie, je te retrouverais. J

Je ne comprends pas pourquoi j'avais le désir de retourner à Chalivoy.

Je me pose la question depuis que j'ai fait restaurer les bâtiments. Pourquoi j'éprouvais cette envie ?

– Tu sais, Jean, c'est vraisemblablement notre destinée. Ça devait arriver ! »

Réjouie, elle m'observait. Visiblement, elle attendait ma réaction.

« Oui ! C'est fort possible que tu aies raison. »

Louise était apparemment satisfaite de ma réponse, elle enchaîna.

« Moi aussi, je me retourne vers le passé, surtout depuis que j'ai perdu mon mari, et aussi depuis que Marie est décédée. Je l'ai découverte inanimée dans son fauteuil, celui que tu as dans la grange. Sa vie n'a pas été agréable, mais je te raconterai tout cela un autre jour. »

On continua à s'amuser avec nos histoires d'antan, le soleil commençait à descendre. En regardant ma montre, je constatai qu'il était déjà tard. Son fils allait venir, je devais prendre congé.

« Tu pars déjà, tu peux rester même si mon fils vient !

– Je préfère te laisser en famille avec tes petits-enfants. Je suppose ton fils désire éventuellement savoir comment s'est passée ta journée. Je suis là pour plusieurs semaines ou mois, je ne sais pas encore, donc on aura d'autres occasions. »

Elle me prit par le bras pour m'accompagner à la voiture, je la remerciai d'un petit signe de la main pour lui dire au revoir.

Je remarquai qu'elle avait perdu son sourire, mais pas pour longtemps, j'avais à peine passé le portail et tourné vers le village que je vis dans le rétroviseur une voiture entrer dans le jardin : c'était certainement son fils avec ses enfants.

En arrivant chez moi, je songeai à ce que m'avait dit Louise concernant la mort de Marie. Je pénétrai dans la grange pour voir le fauteuil dans lequel elle s'était assoupie une dernière fois.

Je décidai de le mettre dans mon coin salon près de la cheminée, là où il était la première fois que j'avais visité.

Plus que jamais, je souhaitais connaître tout ce qui s'était passé pendant les années de mon absence.

J'avais le sentiment qu'il était nécessaire que je sache afin de pouvoir répondre aux questions qui me venaient régulièrement à l'esprit.

Ce soir-là, assis dans mon fauteuil à côté de celui de Marie, je ne parvins pas à quitter le sien des yeux.

Le bois crépitait dans la cheminée que j'avais allumée, la soirée était fraîche et il y avait encore un peu d'humidité à l'intérieur des pièces. Je suis resté une partie de la nuit à réfléchir à cette journée avec Louise tant et si bien que je me suis endormi devant l'âtre.

Un volet mal attaché claqua contre la fenêtre, me réveillant brutalement. Le vent se mit à souffler très fort, au loin, on entendait le tonnerre gronder, quelques éclairs passaient dans le ciel.

Je rejoignis mon lit après avoir fermé tous les volets. Peu importait l'orage, je replongeai dans mon sommeil. Je me réveillai péniblement. La nuit avait été agitée ; malgré ma fatigue, je n'arrivais pas à me sortir de l'esprit les dernières paroles de Louise concernant le décès de notre amie.

J'étais sur le point de sortir quand mon téléphone sonna, c'était Louise.

« Bonjour Louise, comment vas-tu depuis hier ?

– Très bien, et toi, tu as bien dormi ?

– Non, très mal. Je me suis assoupi dans mon fauteuil devant un bon feu.

– Désolée, c'est à cause de moi. Je n'aurais pas dû te dire que j'avais trouvé ma pauvre Marie dans le fauteuil ; j'ai constaté à ce moment-là que tu avais changé de tête.

– Non, ce n'est pas vraiment à cause de ce que tu m'as dit, seulement, j'ai besoin que tu me relates toute sa vie. Depuis que je suis dans sa maison. Quelque chose me pousse à connaître la vérité.

– Je te raconterai tout en détail ; sa vie n'a pas été facile, elle a vécu seule.

– Quand je l'ai trouvée, elle avait avec elle une boîte métallique avec des lettres et une photo de nous trois dans sa main droite. La photo que j'ai omis de te montrer hier, je m'en suis rendu compte après que tu sois parti. »

Ces dernières paroles ne me rassuraient absolument pas.

« Il est indispensable que l'on se voit, que tu me rapportes tout ce qui s'est passé depuis mon départ. Quand je suis rentré hier soir, j'ai été chercher son fauteuil dans la grange pour le mettre à côté du mien devant la cheminée. Je l'ai regardé en me remémorant notre discussion et depuis, je n'arrête pas de me poser des questions.

— Ah ! Effectivement, il va falloir que je te conte son histoire depuis que tu es parti. Tu t'interroges énormément au sujet de Marie.

Je désirais juste prendre de tes nouvelles, te confirmer que j'ai appelé Jacques, je lui ai donné ton numéro de téléphone, il m'a répondu qu'il allait te joindre dans la journée. Il a été surpris que tu aies acheté la ferme, que tu sois là après autant d'années, mais il était ravi de pouvoir reprendre contact avec toi.

— C'est épatant, Louise, je te remercie, je voulais te faire savoir qu'hier, j'ai vraiment eu une très bonne journée en ta compagnie.

— Moi aussi, ça fait du bien de se rappeler le passé. Si tu es libre demain après-midi, je peux venir pour te parler de Marie.

— Avec plaisir, Louise, ce que tu m'apprendras va peut-être m'apporter les réponses aux interrogations que je me pose. Depuis que je suis ici, j'ai une sensation bizarre, j'ai du mal à l'expliquer.

— On en discutera demain, j'espère pouvoir t'aider, bon, je te laisse, je t'embrasse, passe une bonne journée.

– Oui, à demain, je t'embrasse également. »

Après ce coup de téléphone, je suis sorti dans la cour. Le soleil commençait à briller dans le ciel. Après l'orage de la nuit, tout était détrempé. La porte de la grange était entrouverte, le vent avait dû souffler très fort pour forcer le loquet en bois.

Mais, heureusement, les affaires entreposées n'avaient pas pris la pluie.

Il était 10 h, je venais de finir de prendre mon petit-déjeuner quand le téléphone sonna à nouveau. Un numéro que je ne connaissais pas.

« Bonjour, Jean, comment vas-tu ? C'est Jacques !

– Oui, ça va, et toi ?

– Je le disais à Louise : c'est incroyable que tu sois dans la région, je ne pensais pas te retrouver un jour.

– Effectivement, tout peut arriver !

– Il faut que l'on se voit. Ça fait trop longtemps !

– J'espère bien, je ne vais pas bouger avant plusieurs semaines, donc le mieux, c'est que tu passes quand tu seras au village, on m'a dit que tu avais toujours la maison de tes parents.

– Oui, j'y vais de temps en temps pour le week-end.

– Quand tu viens, téléphone-moi, je serai très heureux de te recevoir.

– Jean, pas de soucis, c'est formidable après tout ce temps.

– Je suis content que tu m'aies appelé. Louise m'avait prévenu.

– Ah ! Louise ! Elle était follement heureuse de t'avoir revu, elle n'a pas cessé de me parler de toi.

– Jacques, on marche comme ça. Surtout, tu n'oublies pas.

– Pas de soucis, allez, à bientôt Jean !

– Oui, à très bientôt. »

Ces deux appels m'ont remonté le moral. C'est formidable de reprendre contact avec les amis, on a suivi un chemin très différent et maintenant, c'est comme si on ne s'était pas quitté pendant toutes ces années.

Radieux, je me remettais à ranger le bâtiment dans lequel Marie faisait la traite. Le local n'avait pas été nettoyé depuis plusieurs années, il était resté intact depuis sa mort.

Les outils étaient couverts de toiles d'araignées, elles régnaient en maître dans le bâtiment,
au plafond, sur les murs, aux fenêtres. J'ai passé
la journée à déblayer, à trier. Je ne vais pas changer quoi que ce soit à l'intérieur. Dans l'immédiat,
le local me servira de stockage. Je verrai plus tard
si je l'aménage en chambre ou pas ; pour le moment, j'y entreposerai les affaires de la grange que
je garderai.

La journée s'est écoulée rapidement, j'étais
impatient d'être avec Louise et découvrir ce
qu'elle avait à me dire.

Chapitre VI

Le lendemain matin, je me levai en pleine forme, mais anxieux. Est-ce la venue de Louise ou le contenu de ce qu'elle voulait me transmettre qui me faisait ressentir cela ?

Je préparai sa visite en allant chercher des pâtisseries à Dun. C'est une jeune fille qui m'a servi. Elle avait une telle ressemblance avec le fils de Louise que j'en ai conclu qu'elle était sa petite-fille.

Il était 14 h quand elle arriva. Elle gara sa voiture devant la grange. J'ouvris la porte pour l'accueillir, elle avançait d'un pas décidé, comme à son habitude avec le sourire.

« Bonjour Jean. Tu as bien dormi ?

– Bonjour Louise, beaucoup mieux. »

On s'installa dans le salon près de la cheminée, elle vit le fauteuil de Marie.

Elle ne dit rien et s'assit près de moi.

Quand elle aperçut les pâtisseries et le café sur la table basse, elle s'exclama :

« Tu as été à Dun !

– Oui, je suppose que c'est ta petite-fille qui servait, elle a le même sourire que sa grand-mère. » Dis-je amusé.

Ravie par ma remarque, Louise répondit :

« Elle aide souvent son papa, comme moi à l'époque, elle adore ça. »

Louise me regardait, j'avais l'impression qu'elle ne savait pas trop par où commencer. Elle but un peu de café avant d'entamer son récit.

« Tu te rappelles le dernier mois d'août où tu es venu, c'était l'année de nos dix-huit ans, il est resté le plus beau, pas parce que c'était le dernier, car on l'ignorait. Mais parce que l'on avait fait une petite fête pour l'occasion tous les quatre.

– Oui, je m'en souviens, ce mois d'août avait été formidable, on avait fêté nos trois anniversaires.

– Quand tu es parti, on pensait tous que l'on se retrouverait l'année suivante. Malheureusement, ton grand-père est décédé pendant que tu étais à l'armée.

Pendant un mois, je n'ai pas vu Marie, je m'inquiétais, alors je suis allée chercher du lait pour tenter de la rencontrer. C'est sa mère qui m'a servi. Je lui ai demandé des nouvelles, elle a rétorqué qu'elle allait bien, seulement elle ne pouvait pas sortir, son père le lui interdisait.

J'ai désiré savoir où elle était en ce moment, elle a répondu qu'elle s'occupait des vaches dans le grand pré, alors, au retour j'y suis passée.

Elle était assise près des bêtes, elle s'est levée dès qu'elle m'a vue, elle n'était pas comme d'habitude. Elle m'a raconté qu'elle avait un amoureux et que son père l'avait découvert.

Il lui avait défendu de sortir le soir et elle lui avait désobéi.

Dès lors, toutes les nuits, son père l'enfermait dans sa chambre, elle ne sortait plus que pour manger et travailler.

J'étais stupéfaite, je ne savais pas qu'elle aimait un garçon, elle n'a pas souhaité en parler, elle plaisantait avec moi. Par contre, elle me conjurait de ne pas rester longtemps, si son père nous voyait, elle serait punie encore plus longtemps.

Je repartais par un autre chemin pour rejoindre le village afin d'éviter son paternel.

Durant plusieurs mois, je l'ai rarement vue et pour l'apercevoir sans que son père ne me remarque, je me déplaçais dans le champ où elle travaillait, ou bien quand elle donnait à manger aux volailles. Elle ne venait plus à la boulangerie, c'est sa mère qui prenait le pain.

Je lui demandais régulièrement des nouvelles, elle me répondait constamment que Marie allait bien et qu'elle travaillait beaucoup.

Je l'ai rencontrée dans le village aux obsèques de ton grand-père. Elle était attristée comme tout le monde, je n'ai pas pu lui parler longtemps, son père lui avait demandé de rentrer dès la fin de la cérémonie.

Elle m'a avoué qu'elle était sans nouvelles de son amoureux. Je ne lui ai pas demandé son nom, je présume qu'elle ne me l'aurait pas donné... »

Louise s'interrompit un instant, elle avait constaté que mon visage changeait au fur et à mesure qu'elle parlait.

« Tu vas bien ? Tu es choqué par mes propos ? Moi aussi, à l'époque, je ne supportais pas la situation, son père était particulièrement sévère. »

Je la rassurai, toutefois, je ne me sentais pas très bien après le début de son récit.

« Ne t'inquiète pas, je suis surpris de ce que tu me racontes. Je ne supposais pas que son père était aussi dur, surtout envers sa fille. Marie était tellement gentille et courageuse. »

Louise m'observa, surprise par ma réponse, puis elle reprit.

« Sa mère n'avait pas les moyens de soutenir sa fille, son mari était un vrai tyran domestique. De plus, on a appris plus tard qu'elle avait un cancer.

Elle a souffert de cette situation, elle était courageuse. Malgré la maladie, elle continuait à participer aux travaux de la ferme. Marie l'aidait énormément dans les tâches ménagères en plus de son travail habituel, pour qu'elle se repose un peu.

Elle n'avait pas une minute à elle. Après quelques mois, elle est revenue chercher le pain. Je la voyais plus souvent, elle me faisait un signe de la main. Elle ne s'attardait pas pour discuter comme avant, elle était toujours pressée.

Parfois, elle laissait un message à ma mère ou à mon père pour que je la rejoigne dans la journée à une heure bien précise, en indiquant l'endroit où j'étais en mesure de la trouver, pour éviter que son père nous voit ensemble.

C'était rare, donc j'y allais : je ne souhaitais pas louper le rendez-vous.

Je prenais de ses nouvelles, mais également de sa mère. Elle n'avait plus l'insouciance, la gaîté des moments que l'on avait passés ensemble.

J'avais conscience qu'elle était très soucieuse pour sa mère, elle ne me parlait plus de son amour, je ne lui posais plus de questions. Son père ne l'enfermait plus dans sa chambre, et pour cause.

Avec tout le travail qu'elle faisait, le soir, épuisée, elle m'affirmait que parfois, elle s'endormait toute habillée.

Elle n'était plus la Marie que j'avais connue, mon amie d'enfance qui était toujours prête à s'amuser, à rigoler. Le garçon manqué avait disparu, tu ne l'aurais pas reconnue non plus. »

Louise s'arrêta pour reprendre un café, je fis de même. J'étais abasourdi par ses propos, j'avais beaucoup de mal à parler, mon cerveau était complètement figé. Je m'évertuais à ne pas montrer mon désarroi.

« C'est vraiment triste ce que tu me dis. Avec le temps, ça s'est arrangé ?

– Non, plutôt empiré, surtout que sa mère, malgré ses traitements, dépérissait de semaine en semaine. Son père obligeait Marie à travailler toujours plus.

Elle aurait souhaité partir, elle m'en a parlé une fois. Toutefois, elle considérait qu'il lui serait impossible d'abandonner ses parents dans la situation actuelle qu'elle attendrait des jours meilleurs.

Elle ne verrait jamais ce moment là, sa mère, après dix ans de souffrances est morte en laissant un grand vide. Marie s'est retrouvée seule à gérer l'exploitation avec son père.

Il n'était plus question pour elle de partir ou même d'envisager de faire autre chose.

Malheureusement pour elle, lui qui avait hérité de la ferme travaillait à l'ancienne. Mais les temps changeaient, il était indispensable de se moderniser avec du matériel adapté. Remplacer son vieux tracteur, ses vieilles charrues, enfin tout ce qui est nécessaire pour une exploitation aussi vaste.

Il ne comptait pas s'endetter, pas de crédit. Sans investir, il était impossible d'avancer.

Il ne désirait aucune aide des autres agriculteurs qui étaient solidaires entre eux. La ferme commença à péricliter tout doucement.

Les autres exploitants qui avaient investi dans du matériel ne cessaient de lui proposer de venir l'épauler. Il les a envoyés promener et il travaillait toute la journée et tard le soir.

Marie m'en a parlé une fois, il nous a surpris en train d'en discuter. Il a été odieux, je préfère ne pas te rapporter ses paroles.

J'ai revu Marie le lendemain, elle avait passé une mauvaise nuit, son père lui avait fait des reproches, pour calmer sa colère, elle était partie se coucher sans manger.

La vie a continué ainsi pendant des années, par contre la ferme, qui prospérait au temps du grand-père, déclinait un peu plus chaque année.

Son père ne voulait rien savoir ; les agriculteurs, peu à peu se détournèrent de lui, ils avaient de la peine pour Marie, qu'ils regardaient trimer comme une forcenée.

Quand certains fermiers venaient à la boulangerie, ils confirmaient que c'était une brave fille, mais qu'elle allait y laisser sa peau. »

Le téléphone de Louise sonna, elle s'arrêta.

« Je dois partir, le temps a passé tellement vite que je ne m'étais pas souvenue que je devais aller chercher ma petite-fille chez une de ses amies. Il est nécessaire que je termine son histoire. Tu viens prendre le café demain après-midi !

    – Oui, avec plaisir. Vers 14 h ?

    – Non, viens à 13 h, j'ai encore beaucoup à te révéler. Jean n'apporte pas de pâtisserie : il faut que je calme ma gourmandise.

    – C'est entendu, rentre bien. Bonne fin de journée. »

    Elle monta dans sa voiture et prit rapidement la route du village.

Chapitre VII

Après le départ de Louise, je m'assis dehors sur le banc. J'étais complètement anéanti. J'avais l'impression d'avoir été assommé. Je n'imaginais pas que Marie ait pu vivre de cette façon, on ne connaît pas tout des personnes que l'on aime.

Comment, elle qui était un garçon manqué, intrépide, n'avait pas existé comme Louise, moi ou Jacques ? Avoir une vie de famille.

J'ai l'impression de faire un mauvais rêve, que le passé de Marie m'arrive en pleine figure. Je n'aurais en aucun cas connu cette vérité, si je n'avais pas acheté la ferme. Cette histoire me ramène des années en arrière, elle me touche particulièrement.

Je ne savais pas quoi penser. Ce soir-là, je suis resté dehors à observer le soleil qui se couchait, trop de choses se bousculaient dans ma tête.

En regardant autour de moi, tout me faisait penser à Marie, je ne parvenais pas à me sortir de la tête l'idée qu'elle ait pu endurer ce calvaire. Une brise humide se mit à souffler et me fit revenir à la réalité. La lune avait remplacé le soleil, les étoiles brillaient, il était minuit, j'allai me coucher.

Le lendemain, je me suis activé pour éviter de me poser des questions. Comme prévu, je me garais dans l'allée vers 13 h. Louise m'attendait, elle arriva d'un pas rapide.

« Bonjour Jean, désolée pour mon départ précipité hier, le temps a passé si vite ! J'espère que tu as pu te reposer !

– Tu n'as pas à t'excuser, c'est normal. J'ai bien dormi, bien que je me sois couché vers minuit. Ton récit m'avait bouleversé.

– Oui, je m'en doute, seulement ce que je vais te raconter à présent n'est pas mieux. Au contraire. »

On alla dans le jardin s'asseoir sous la tonnelle, elle avait préparé du café. J'étais préoccupé pour la suite, elle s'en aperçut.

« Jean, tu vas bien ? Tu n'as pas ton visage de tous les jours !

– C'est exact, j'appréhende la fin, je crains d'en connaître une partie. »

Elle me regarda étonnée. Au bout de quelques secondes, elle poursuivit.

« Son père s'était mis beaucoup de gens à dos. Pendant les années qui suivirent, la vie n'était pas rose. Marie venait à la boutique avec son vieux tracteur prendre du pain pour la semaine afin de ne plus se déplacer au village. Les gens la dévisageaient, ils pouvaient discuter, faire des remarques, elle continuait son chemin. Son vieux tracteur pétaradait, on l'entendait de loin.

Un jour, elle est arrivée à la boulangerie. J'ai tout de suite remarqué que ça n'allait pas du tout. Ses yeux étaient rouges comme si elle avait pleuré toute la nuit, elle était démoralisée, elle n'en pouvait plus. Elle me pria de venir la voir dans le grand pré, qu'elle y serait toute l'après-midi.

Je la rejoignais pendant la fermeture. Elle était assise dans l'herbe, son troupeau était clairsemé ; enfin les vaches qui lui restaient, car depuis toutes ces années le cheptel avait diminué de plus de la moitié.

Les yeux remplis de larmes, elle m'avoua que l'être qu'elle aimait était venu après toutes ces années et qu'elle n'avait pas voulu sortir de la grange pour le voir.

Elle avait bougé le fumier pendant une partie de la matinée, ses habits étaient souillés, elle ne désirait pas qu'il la découvre dans cette tenue, puis à quoi bon, après autant d'années. Elle considérait qu'elle ne pourrait pas avoir d'avenir avec lui, surtout dans la situation actuelle.

Alors que ses sanglots s'arrêtaient :

« Louise, pourquoi il est venu maintenant ? Il ne m'a jamais donné signe de vie, je ne sais même pas s'il m'aimait encore. Il est resté à peine dix minutes dans la cour. Il a essayé de frapper à la porte, ne voyant personne, il est remonté dans sa voiture. »

Elle m'a déclaré qu'elle était sortie de la grange quand son véhicule prenait la route du village, il n'avait pas dû l'apercevoir. Elle l'a regardé s'éloigner. Elle savait qu'elle ne le reverrait plus, elle éclata de nouveau en sanglots.

Je l'ai prise contre moi, je l'ai suppliée de me dire son nom, que j'allais tenter de le rechercher. Elle n'a rien voulu savoir. Elle regardait l'horizon : son regard était comme figé, ses sanglots s'étaient arrêtés, elle se releva :

« Merci, Louise, de m'avoir écoutée, mais il est tard, j'ai beaucoup de travail, il ne

faut pas que mon père nous voit en-
semble. »

Je l'embrassai très fort en la suppliant de me
révéler l'identité de son amoureux.

Elle m'enlaça en m'embrassant :

« Tu sais, Louise, jamais je ne pourrai
partir de cette ferme. Je dois aider mon
père. Puis, il vient plus de vingt ans après ;
il ne m'a pas écrit comme il me l'avait
promis, il n'est pas venu me voir ou
prendre de mes nouvelles. Je te remercie
Louise d'être là, tu es mon amie, tu sais
aussi que je dois me battre avec mon père,
le seul bien que l'on ait, c'est cette
ferme. »

Je l'ai embrassée en la serrant très fort dans
mes bras, je lui ai dit qu'elle devait aussi penser à
elle.

À quarante ans, elle pouvait encore profiter
de la vie et s'il était passé, c'est qu'il désirait reprendre contact, que même après tout ce temps,
elle pourrait vivre avec lui. Sa décision était prise :
elle resterait avec son père, elle ne tenterait pas de
le retrouver.

En retournant au village, je songeais à la personne que j'avais vue de loin sortir de la boulangerie quand je revenais de Dun. En rentrant, après avoir vu Marie, j'ai questionné mon mari, c'était un Parisien de passage. Je suis sûr que c'était lui, son amoureux. Il y a tellement peu de visiteurs dans la région. C'est dommage, je l'ai loupé de peu.

Elle continua à trimer, il n'est jamais revenu. De temps à autre, on discutait, pas longtemps, elle était toujours pressée, dépassée par tout le travail.

Quelques années plus tard, son père est mort d'une crise cardiaque, la laissant seule à gérer la ferme, enfin ce qu'il en restait : le bétail se résumait à une dizaine de vaches, quatre moutons, deux biquettes, quelques poules et canards. L'exploitation, comme tout le monde l'avait prévu, était au plus bas. Tous ceux qui connaissaient Marie se demandaient comment elle pourrait subsister de son travail, car même la maison se délabrait.

Il n'y avait pas grand monde à l'enterrement de son père : ceux qui étaient là, c'était surtout pour Marie.

Elle s'était entièrement refermée sur elle-même, aucune expression sur son visage ne ressortait. Elle remercia les gens, elle se dirigea vers moi pour me serrer dans ses bras, j'en profitai pour lui demander ce qu'elle allait faire désormais.

Elle était déterminée à sauver la ferme :

« J'ai l'intention de me battre pour la remettre à flot. Je vais acheter du matériel, du bétail et continuer toute seule. Ce que mon père n'a pas voulu faire, je vais le réaliser, m'endetter pour préserver ce qu'il y a à sauver. »

J'étais abasourdie. Je l'ai implorée de laisser tomber, de tout vendre, de vivre sa vie. Rien à faire, elle était devenue têtue comme son père.

Après plusieurs semaines, elle est passée avec un nouveau tracteur. Elle m'a confirmé qu'elle avait acheté du bétail, du matériel afin d'exploiter ce qu'il lui restait comme propriété parce que son père, comme les affaires n'étaient pas bonnes, avait vendu une partie des terres à un autre agriculteur. »

Louise stoppa pour reprendre un café, elle m'en proposa, mais je ne pouvais plus avaler quoi que ce soit, j'étais suspendu à ses lèvres. Elle s'aperçut de mon malaise.

« Ça va Jean ? Tu n'as pas l'air bien, tu veux que l'on arrête ? »

J'étais stupéfait de ce qu'elle me disait. C'était de plus en plus tragique et je commençais à envisager la fin de son histoire.

« Ce que tu m'apprends est épouvantable. Marie n'a pas eu une vie agréable, ça me fait de la peine. Je suis maintenant conscient que j'ai ma part de responsabilité. »

Après ces dernières paroles, Louise me scruta, je remarquai de l'étonnement sur son visage.

« Pourquoi tu dis cela ?

– Je te le dévoilerai plus tard, je suppose que tu n'en as pas terminé avec les mauvaises nouvelles.

– Non, malheureusement... Mais pour l'instant, tu n'as rien à te reprocher. Son père, certainement, il a été égoïste, il n'a pas songé au bonheur de sa fille, et toi, tu n'étais pas là. »

Louise, n'ayant aucune réponse de ma part, après un long silence, continua.

« Pendant quelques mois, je n'ai pas croisé Marie. Je n'avais des nouvelles que par le père Joseph. Tu le connais, il me tenait au courant. Marie se battait pour s'en sortir, la situation s'aggravait tout doucement.

Un jour, le père Joseph m'informa qu'il avait vu Marie assise sur le banc de pierre avec une boîte en fer à la main. Elle lisait des lettres, en pleurant. Il n'avait pas voulu la déranger, il s'était éclipsé discrètement, il était très tracassé.

Pendant la fermeture, je suis partie la rejoindre. Marie était justement sur le banc, elle avait l'air épuisée.

Quand elle me vit, elle ferma la boîte en fer en rangeant précipitamment le courrier qu'elle lisait.

Ses yeux étaient remplis de larmes, elle était effondrée. Entre deux sanglots, elle me déclara qu'elle avait trouvé cette boîte sous une pile de linge dans l'armoire de son père, en prenant une paire de draps.

Dedans, il y avait des lettres de son amoureux qu'elle n'avait jamais reçues et pour cause. Son père les avait interceptées et lui avait cachées.

Elle avait tant attendu de ces nouvelles. Pendant des mois, elle avait espéré, ensuite elle s'était résignée. Même quand il était passé à la ferme, elle ne le savait pas. C'est maintenant qu'elle découvre que son père avait tout fait pour l'empêcher de partir. Dès le début de son histoire d'amour, il a toujours fait en sorte qu'elle reste. Pour l'aider, quitte à briser le rêve de sa fille.

Quand elle m'a raconté tout cela, j'ai été obligée de m'asseoir, je ne pouvais plus prononcer un mot :

« Tu te rends compte, disait Marie en sanglotant, il m'avait écrit plusieurs lettres, il m'a envoyé cette dernière. »

J'ai lu la lettre, j'étais catastrophée, je vais la chercher. J'ai gardé la boîte, quand j'ai retrouvé Marie sans vie dans son fauteuil, celui que tu as dans le salon, elle avait cette lettre dans la main avec une photo de nous trois. »

J'étais livide, j'avais le cœur serré, je ne pouvais plus bouger, j'étais comme pétrifié. Louise, qui s'était absentée pour aller chercher la fameuse boîte, le vit à son retour.

« Ça va, Jean, tu es blanc, ça te touche fortement ! »

Je n'avais pas la capacité de lui répondre. Elle commença à lire, elle n'avait pas fini que je pouvais réciter la fin du texte d'adieu. Elle s'arrêta stupéfaite pour m'écouter :

> *« Je n'ai toujours pas de nouvelles de toi,*
> *tu me manques, je t'aime. Si tu ne m'aimes*
> *plus, je préfère le savoir que de rester*
> *dans l'ignorance. Je t'aime, Marie, ré-*
> *ponds-moi et je viens te chercher. »*

Louise resta interloquée, elle me regardait fixement, sans un mot. Elle avait compris.

« Non... C'était donc toi qu'elle aimait ! »

Elle posa la lettre et me prit la main.

« Ce n'est pas possible ! Je comprends pourquoi tu pensais être fautif, seulement, rassure-toi, tu n'as aucune responsabilité.

Comment votre histoire a-t-elle commencé ? Je ne me suis aperçue de rien. J'aurais été capable de vous aider, j'avais ton adresse. »

J'avais du mal à parler, toutes ces révélations me faisaient revenir quarante ans en arrière.

« Marie aussi était en mesure d'avoir mon adresse auprès de mon oncle, mais elle ne voulait pas que ça se sache, car son père n'était pas facile à vivre : la preuve !

Louise, je te raconterai notre relation... Pas aujourd'hui, je suis trop bouleversé, trop de choses se bousculent dans ma tête.

Je supposais qu'elle était amoureuse de quelqu'un d'autre, qu'elle ne me répondait pas pour ne pas me blesser, c'est quand tu m'as dit que son amoureux était passé à la ferme que j'ai commencé à me poser des questions. Comme je te l'avais dit, j'étais venu la voir et passer au village lors d'un déplacement. »

Louise était bouleversée par mes aveux. Elle mit quelques minutes avant de réagir, elle me dévisageait en me tenant la main.

« Ça va aller, Jean ? Je ne te sens pas bien du tout !

– Oui, je vais retourner chez moi, j'ai besoin de digérer tout ce que je viens d'apprendre.

– Je suis navrée de te rappeler ce passé douloureux. Je ne pouvais pas prévoir que c'était toi qu'elle aimait.

– Tu n'as pas à être désolée, c'est une histoire ancienne. Les blessures refont surface, surtout que je découvre la vérité sur la vie de Marie. Je n'aurais en aucun cas pu envisager qu'elle avait vécu une histoire aussi triste. »

Peu après, je pris congé. Je la quittai complètement groggy, je n'ai pas pu souper ni me coucher avant 2 h du matin. Assis dans un fauteuil, je regardais fixement celui dans lequel Louise avait trouvé Marie.

C'est la fatigue qui m'obligea à rejoindre mon lit. Le lendemain matin, la lumière du jour pénétrant dans la chambre me réveilla, il était 9 h 30 : le soleil brillait déjà dans le ciel. Le téléphone sonna. C'était Louise qui tenait sûrement à prendre de mes nouvelles.

« Comment vas-tu, Jean ? Tu as pu dormir un peu ? »

– Oui, mais pas avant 2 h. Mon esprit cogitait, j'ai revu des images de l'époque, le sourire de Marie, j'imaginais sa tristesse de ne pas avoir de mes nouvelles, sa douleur d'apprendre la vérité.

– Tu veux que je passe te voir ou tu préfères rester seul ?

– Tu peux venir, ça me fera plaisir, maintenant que je connais sa vie que tu sais qui était l'être qu'elle adorait et qu'elle attendait. Tu veux certainement en savoir davantage sur ma relation avec elle ?

Passe prendre le café aujourd'hui, si tu peux, je te raconterai notre histoire.

– D'accord, si tu préfères un autre jour, pas de soucis.

– Non, il impératif que je tourne la page, le plus tôt sera le mieux.

– Alors, à tout à l'heure. Je t'embrasse.

– Moi aussi, Louise. »

La matinée passa très vite, je m'évertuais à me changer les idées en finissant de ranger le local juste à côté. Je ne pouvais pas me sortir de la tête tout ce que m'avait révélé Louise.

J'étais assis sur le banc de pierre quand j'ai vu au loin sa voiture qui tournait pour prendre le chemin.

Comme d'habitude, elle se gara à côté de la grange pour avoir un peu d'ombre. Je me levai pour l'accueillir, elle sortit prestement et d'un pas agile, elle vint vers moi. Elle avait un visage souriant. Elle m'embrassa en me serrant dans ses bras, me scruta en se demandant si tout allait bien. Puis, elle s'assit à côté de moi sur le banc. Elle resta silencieuse à m'observer, elle ne s'aventurait pas à me poser de questions.

Chapitre VIII

Il fait tellement beau que l'on resta assis sur le banc de pierre. J'ai installé une petite table pour prendre le café, on sera mieux qu'à l'intérieur.

Louise continuait à me regarder et après quelques minutes.

« Je trouve que tu as meilleure mine. Hier, tu étais pâle, mais il y avait de quoi ! Alors, je veux tout savoir ! Comment tu es tombé, il y a plus de quarante ans amoureux de ma meilleure amie ? Je n'ai rien vu venir, surtout que j'avais également des sentiments pour toi ! »

J'étais ébahi par ses dernières paroles. Elle avait l'air tout excitée, c'était à moi maintenant de lui narrer cet épisode.

« Décidément, moi non plus, je n'ai pas remarqué que tu étais éprise de moi. Pourtant, on était tout le temps ensemble, Marie ne venait pas souvent avec nous. »

Elle éclata de rire, elle ne put s'empêcher de me faire une remarque.

« Bah ! Non, tu étais aveuglé par ma petite Marie, je n'ai pas trop insisté. »

J'en apprends de bonnes, on était extrêmement proches avec Louise, très complices aussi, mais elle a raison, je pensais souvent à Marie, même quand on se promenait tous les deux.

Louise souriait, elle me fixait du regard et attendait sans rien dire que je commence.

« Oui, peut-être aveuglé, je ne sais plus. Notre relation a commencé la dernière année que je suis venu au village, le dernier jour de la fête de l'assemblée.

On s'est séparé, je ne sais pas si tu t'en rappelles, tu es rentrée chez toi, je suis resté avec Marie, je l'ai raccompagnée, car pour une fois, elle avait eu le droit de venir avec nous. Son père n'était pas d'accord, je ne sais pas si tu te souviens, mais sa mère avait bravé son mari et donné son autorisation.

Sur le chemin du retour, on a blagué et chahuté, elle riait en me regardant, machinalement, elle m'a pris la main. En arrivant près de la ferme, on s'est dit au revoir, cachés par la haie, on s'embrassa plusieurs fois, elle éclata de rire en me disant :

« Demain soir, on peut se voir sous le chêne du pré qui est devant la maison du père Joseph à 21 h. Surtout, tu n'en parles à personne, même pas à Louise. Je me demande si elle n'a pas un faible pour toi. Je ne tiens pas à lui faire du mal, c'est ma meilleure amie. »

Je le lui ai promis en lui faisant un petit signe de la main. Elle est partie en se retournant plusieurs fois avant d'arriver chez elle. Moi, j'attendais qu'elle pénètre dans la maison pour partir.

Je suis rentré comme d'habitude, tout doucement, chez le grand-père. Je n'ai pas dormi tout de suite, je regardais le plafond. Parfois, je me surprenais à sourire tout seul, en pensant à cette soirée. J'étais tombé fou amoureux de Marie.

Le lendemain, j'ai eu du mal à garder le secret. Je ne désirais pas te mentir, tu m'as même demandé si on était bien rentrés tous les deux. Je me rappelle que j'ai changé de conversation pour éviter que tu remarques quelque chose.

Pendant les deux semaines qui ont suivi, on se voyait tous les soirs au même endroit, elle sortait par la fenêtre de sa chambre en la laissant légèrement entrouverte, comme elle faisait quand elle venait parfois au village en cachette et qu'elle se changeait chez toi.

À part le fait qu'elle ne mettait pas sa belle robe jaune, elle restait en salopette et j'aimais beaucoup la voir ainsi vêtue. On restait là, tous les deux, à discuter, à rigoler, à s'embrasser, l'un contre l'autre. On était bien sous le ciel étoilé.

On parlait de notre avenir, je devais faire mon service militaire et on espérait se revoir aux prochaines vacances. Un jour, on a failli se faire surprendre par le père Joseph, on s'est cachés derrière le chêne. Il est passé sans nous voir. On rigolait tous les deux comme deux complices, sans faire le moindre bruit.

Mais je présume qu'il avait deviné qui était derrière l'arbre, il se retourna plusieurs fois. Quand elle rentrait, je l'accompagnais jusqu'à la clôture du pré. Tout le monde dormait. Son chien, quand il était éveillé, venait nous voir pour être caressé, il a constamment été son allié.

Elle me faisait un bref signe de la main, moi, je repartais à travers champs pour ne pas être vu.

On avait juste à se regarder pour se comprendre.

J'avais du mal, dans la journée à te cacher notre relation.

On a passé des soirées merveilleuses sous ce chêne. Les vacances arrivaient à leur fin. Le dernier soir, on ne voulait pas se quitter, on avait fait des projets. Seulement, en attendant, je lui avais promis de lui écrire. Je lui mettrai mon adresse dans l'enveloppe pour éviter que ses parents découvrent qui lui avait envoyé une lettre.

Elle ne désirait pas que l'on se sépare, pourtant, il le fallait. On est rentrés plus tard que d'habitude. Quand on s'est quitté après s'être embrassé longuement, j'ai patienté jusqu'à ce qu'elle pénètre dans sa chambre pour partir, ça ne s'est pas passé comme à l'accoutumée : quelqu'un a allumé une lampe, son père ou sa mère, je ne sais pas.

J'ai prié pour que ce soit sa mère, je suppose qu'elle était au courant que l'on avait des sentiments et que l'on se voyait.

Elle devait le sentir, une mère sent toujours ces choses-là, surtout quand je venais chercher le lait. On avait une attitude qui ne laissait aucun doute. Une fois, elle nous avait même surpris alors que j'avais les mains sur les épaules de Marie pendant qu'elle faisait la traite.

Je n'ai pas su si elle était parvenue à se coucher sans rencontrer son père, car le lendemain matin, avec mes parents, on partait de bonne heure.

Pendant tout le voyage du retour, je songeais à Marie en espérant qu'elle n'ait pas eu de problème.

Aujourd'hui, je sais que c'est son père qui s'était levé, Marie en a subi les conséquences.

Mais à l'époque, pour le savoir, j'ai envoyé une lettre qui est restée sans réponse. Les autres ont suivi toujours sans retour. On avait dix-huit ans : j'ai pensé que pour elle, c'était une amourette de vacances puisqu'elle ne m'écrivait pas.

Je n'ai pas imaginé une seule fois que son père avait subtilisé les lettres : il était constamment aux champs quand le facteur passait. Marie m'avait affirmé que c'était sa mère qui ramassait le courrier. Son père savait que c'était moi, dans la première lettre, il y avait mon adresse.

Je vois qu'elle a pensé la même chose de moi, que je n'étais pas sérieux dans mes sentiments. C'était tout le contraire pour nous deux. Elle n'a pas eu les lettres, moi, j'ai ignoré cette éventualité. »

Louise déconcertée ne savait plus quoi dire, elle resta un petit moment à me scruter sans prononcer le moindre mot.

« Quel gâchis ! Tu n'as pas songé à venir la voir ?

– Les semaines passaient, je ne savais pas quoi faire, comment venir. J'espérais une lettre, mais rien. Je commençais à douter, je savais que l'on allait certainement se revoir l'été suivant.

Je suis parti faire mon service militaire, mon grand-père est mort avant l'été. Comme tu sais, je n'ai pas pu être présent à son enterrement. Peut-être que les choses auraient changé si j'étais venu. Ensuite, pour l'été, je n'ai pas eu de permission.

Quand j'ai fini mon service, je ne suis pas revenu. J'ai écrit une dernière lettre à Marie qui est restée sans réponse. Je comprends désormais pourquoi. Je ne voulais pas m'imposer chez ma tante, pour vous voir tous les trois.

Quelques mois après, ma tante m'a appris que tu allais te fiancer. J'ai renoncé définitivement à passer, les temps avaient changé, tu avais ta vie, Jacques aussi. Je me suis imaginé que Marie avait également quelqu'un, j'avais tort. J'aurais pu te contacter pour avoir des nouvelles. Je ne l'ai pas fait, je le regrette sincèrement. Chaque jour qui passait, je pensais à Marie, j'ai eu du mal à l'oublier.

Le temps a fait son œuvre. Sans nouvelles, je me suis résigné, j'ai travaillé dur pour ne plus cogiter. Plusieurs fois, surtout à l'approche du mois d'août, je me posais la question. Si je faisais le déplacement, mais la réponse était : à quoi bon. Puis avec le temps, j'ai rencontré la mère de mes enfants.

Après vingt ans de mariage, on a divorcé. Je me suis noyé dans le travail afin d'éviter de gamberger. Ensuite, quand la retraite s'approchait de plus en plus, cette période de mon adolescence revenait dans ma tête et quelque chose me poussait à venir dans le village, le désir de savoir ce que vous étiez devenus pendant toutes ces années.

J'étais prêt à revoir Marie, à connaître la vérité sur son silence, à savoir si elle s'était mariée, si elle avait eu des enfants. Vous revoir tous les trois, cette époque de ma vie avec vous avait été absolument extraordinaire.

J'étais un peu nostalgique de ce passé, je m'interrogeais souvent et j'avais envie d'avoir des réponses, j'avais l'impression de vous avoir abandonnés.

J'ai tenté de racheter la maison de mon grand-père, ma tante étant décédée : elle était déjà vendue.

Je suis venu au village pour chercher un autre bien et aussi pour vous recontacter, la boulangerie était déjà fermée. Ce jour-là, je suis repassé à la ferme de Marie, elle était sans vie, délabrée.

Alors, quand j'ai vu le panneau à vendre accroché au bâtiment, machinalement, j'ai relevé le numéro de téléphone du notaire. Plus par curiosité ou pour avoir des nouvelles, j'ai pris rendez-vous avec lui. J'étais obsédé par ce moment de ma vie, je voulais comprendre, sûrement avec l'espoir de connaître l'adresse de Marie.

C'est le notaire qui m'a appris sa mort. Mon désir de la revoir s'effondra en quelques minutes. Quand j'ai quitté l'étude, je suis resté dans ma voiture un long moment sans réagir, j'étais terrassé par la douleur. Dès lors, je suis allé au cimetière, j'ai mis des fleurs sur la tombe de mes grands-parents et celle de Marie.

Je suis resté abattu devant sa sépulture, car en voyant le panneau à vendre, je n'imaginais pas qu'elle pouvait être morte. »

Louise me dévisageait sans perdre un mot, son visage exprimait une grande tristesse faisant suite à mes propos.

« Ah, c'est donc toi qui a fleuri la tombe de Marie ! Je m'en suis aperçue vu que je viens voir celle de mon mari, et celle de Marie est juste à côté, alors je m'en occupe également. Je me demandais qui avait pu passer, étant donné qu'elle n'avait plus de famille. Tu sais, n'aie pas de regrets, les choses se sont faites comme ça. Tu as été heureux, tu as des enfants, des petits-enfants.

– Oui, mais tout de même, il est difficile d'admettre qu'un père fasse cela à sa fille, qu'il l'empêche de vivre sa vie. Comme tu dis, notre relation n'était peut-être pas si sérieuse ou que notre amour n'aurait pas duré compte tenu de l'emprise de son père qui était tellement forte. Seulement, ça aurait à coup sûr changé la destinée de Marie. De nombreuses questions qui resteront sans réponse. »

Louise me coupa pour commenter mes dernières paroles.

« On n'a pas la possibilité de savoir comment elle aurait évolué, mais effectivement, si elle était partie, elle aurait été plus heureuse. Parce qu'après avoir découvert tes lettres, elle n'a jamais plus été la même. De semaine en semaine, elle a sombré, elle n'y arrivait pas. Elle avait beau travailler, le redressement de l'exploitation était pratiquement impossible.

À cela, s'est ajoutée la perte de plusieurs bêtes qui étaient malades quand elle les avait achetées. Elle avait fait une mauvaise affaire. La toiture commençait à se dégrader. Elle ne parvenait pas à rembourser les crédits. Elle se laissait glisser, elle était à bout, cette ferme allait la tuer.

Pendant trois ans, elle s'est battue courageusement, elle était devenue comme son père, elle n'avait pas l'intention d'être assistée, elle avait besoin de matériel, mais n'avait plus d'argent. La banque refusait ses demandes, elle ne tenait pas à quémander des aides qui lui auraient été accordées.

Je passais volontiers pour donner à manger à ses volailles, je lui faisais des courses, parfois, c'était le père Joseph. Elle s'obstinait à sauver sa ferme en travaillant sans relâche, jusqu'au bout de ses forces. C'était son seul objectif.

Elle n'avait pas la capacité de prendre sa retraite, son père n'avait pas cotisé pour elle, son bien ne valait pas grand-chose, personne n'en voulait, elle était entièrement bloquée de partout.

Je venais pour lui apporter du pain et prendre de ses nouvelles. Elle dépérissait de semaine en semaine, j'étais très mal certains jours en sortant de chez elle.

Je suis intervenu auprès des organismes d'agriculture, ils ne pouvaient rien faire. Si, elle ne faisait pas une demande d'aide, mais pour Marie, ce n'était pas imaginable, elle devait s'en sortir toute seule.

Dans le dernier mois, c'est un jeune agriculteur qui venait l'épauler sans lui dire pour traire les quelques bêtes qui lui restaient et les nourrir.

Vers la fin, je passais tous les deux jours pour lui déposer des courses, elle était dans son fauteuil. Quand je lui parlais, elle me souriait, je l'embrassais, je l'implorais de se reposer. Je savais qu'elle irait jusqu'à l'épuisement.

Un jour, le père Joseph ne la voyant pas sortir m'a téléphoné. Je suis venue immédiatement. Tous les deux, on est entrés. Elle était comme assoupie dans le fauteuil. Son visage était détendu, son calvaire était terminé !

J'ai trouvé la boîte en fer à ses pieds avec tes lettres sur son tablier, ta dernière lettre dans la main gauche. Elle avait dû la relire avant de s'endormir définitivement, dans la main droite cette photo que je te donne sur laquelle tu nous tiens par les épaules toutes les deux en nous serrant bien fort. C'est Jacques qui l'avait prise devant le lavoir.

Il n'y avait pas d'héritier, alors le notaire a vendu les terres, le matériel, le bétail qui restait pour régler une partie de ses dettes. Tout le monde voulait les terrains, récupérer le matériel neuf. Par contre, personne ne désirait acquérir les bâtiments. En quelques semaines, tout est parti, il ne restait plus que la bâtisse que tu as achetée. »

J'étais sonné comme un boxeur qui vient de prendre le coup de trop, j'ai pris sur moi pour balbutier quelques mots.

« Oui, ce qui a soldé le restant de ses dettes d'après le notaire, j'aurai au moins contribué à cela ! »

Louise acquiesça d'un signe de la tête en me prenant la main avec toute la compassion qu'elle pouvait m'apporter.

« Tu sais, il n'y avait pas grand monde à son enterrement. À chaque fois que je vais sur la tombe de mon mari, je dépose un bouquet sur la sienne, j'ai une pensée pour ma meilleure amie bien trop jeune pour mourir ainsi.

– Oui, elle est partie bien trop tôt, j'aurais tellement aimé vous retrouver tous les trois. Je connais maintenant toute la vérité sur Marie. Il est difficile d'admettre tout ce qui lui est arrivé. C'était une fille adorable, une battante que j'ai aimée tendrement. D'après ce que tu me dis, elle s'est battue jusqu'au bout. »

Louise était bouleversée par mes révélations, moi par les siennes. On était sur le banc, profondément abattus, Louise me prit les mains.

« Oui, c'est vrai, elle a été très courageuse jusqu'à la fin. Jean, je vais devoir partir. Ça va aller ? Je te téléphone ce soir.

– Je ne sais pas, Louise, il va falloir que je digère toute cette histoire. Avec le temps, j'y arriverai certainement. »

Elle partit, je restai assis complètement vidé, je n'avais plus de réaction, je ne savais pas quoi faire, mon cerveau ne réagissait plus normalement.

Je l'avais tant aimée. De connaître la vie qu'elle a eu jusqu'à sa mort m'attristait, de savoir qu'elle s'était endormie définitivement avec ses souvenirs de jeunesse après avoir lu ma dernière lettre ne me réconfortait pas.

Chapitre IX

Je crois que j'ai besoin de partir loin d'ici quelque temps, de quitter ce lieu qui me rappelle tant de souvenirs, de me vider l'esprit.

Je devrai auprès de mes enfants, mes petits-enfants récupérer mon équilibre et essayer de tourner la page pour ne plus ressasser le passé.

Quand Louise me téléphona, je lui ai dit que je m'éloignais quelque temps. Après un long silence, elle me confirma que j'avais raison, elle aussi, à la mort de Marie, elle avait mis du temps à se ressaisir. Sa famille, ses amis l'avaient aidée à surmonter cette épreuve.

« Tu pars pour longtemps ?

– Je ne sais pas.

– Tu vas revenir ?

– Ne t'inquiète pas, je suis trop heureux de t'avoir retrouvée, en plus j'ai promis à Jacques qu'on allait se voir, alors dans quelques semaines, je serai là.

– Tu pars quand ?

– Demain matin. Tout me pèse ici, je ne peux pas rester, j'ai l'impression de voir Marie partout. Je retourne dans la région parisienne. Je te téléphonerai, je t'embrasse.

– Tu fais attention à toi. Je t'embrasse. »

Je devinais que Louise était anxieuse et j'espérais l'avoir rassurée. Il est évident que je reviendrai.

Après avoir raccroché, j'ai eu le désir d'aller me promener dans le pré à côté de la maison du père Joseph pour voir si le chêne était toujours là. Il était plus imposant, plus majestueux. Je me suis assis exactement à l'endroit où, avec Marie, on avait passé quelques soirées en amoureux.

En fermant les yeux, je percevais son rire, son ravissant visage, j'entendais sa voix. Une autre voix me sortait brusquement de mes pensées. C'était le père Joseph de retour de sa promenade quotidienne.

« Alors on revient sous le chêne, malheureusement sans la petite Marie !

– Ah, père Joseph. Vous nous aviez vus, Marie et moi ? Vous saviez ?

– Oh oui, dès le premier jour, tous les soirs, je vous observais, même le jour où vous vous êtes cachés derrière l'arbre. Je ne disais rien, vous étiez si mignons tous les deux ! Ah ! Marie n'a pas eu une belle vie !

– Oui, Louise vient de me raconter tout ce qui s'est passé, merci de l'avoir soutenue, père Joseph.

– C'était une chic fille, je l'appréciais beaucoup. Elle a été très vaillante, c'est dommage quand même... Bien dommage. Elle n'aurait jamais dû rester à la ferme. »

Il continua son chemin en bougonnant. Je ne sais même pas s'il m'a entendu.

« Oui, vraiment triste ! Bonne nuit, père Joseph. »

Il entra chez lui, moi, je suis resté encore un moment à regarder les étoiles en pensant à Marie. Celle que j'avais aimée il y a bien longtemps. Les images défilaient dans ma tête à la vitesse d'un film que l'on rembobine.

La fraîcheur de la nuit m'obligea à rentrer, j'ai eu énormément de mal à prendre le sommeil.

J'avais préparé un sac de voyage, je suis parti de bonne heure en direction de la capitale. Je n'ai pas pris la route la plus courte, je souhaitais passer devant chez Louise. Tout était fermé, je suppose qu'elle dormait encore, je roulais, mais en définitive, je n'avais pas le coeur à partir, j'avais l'impression de fuir mon passé.

Pourtant, c'était mieux pour moi. Tout s'embrouillait dans ma tête, j'étais contraint de quitter cette région pour me changer les idées.

À peine arrivé à mon domicile, je recevais un coup de téléphone de Louise. Elle s'inquiétait, elle savait que j'étais mal après toutes ces révélations, je la rassurai, j'avais besoin d'un peu de temps, elle l'a très bien compris.

Après quinze jours passés auprès de mes enfants, de mes petits-enfants, quelques balades dans les lieux que j'affectionne, j'avais repris mes esprits.

Il est évident que mes enfants m'ont questionné sur les causes de mon retour brutal, je n'ai rien laissé transpirer sur le malaise qui était en moi. Je ne sais pas s'ils ont cru mes réponses, mais ils se sont aperçus que j'allais mieux de jour en jour. Surtout, après l'appel de Louise, quand j'étais chez un de mes fils, il n'a pas manqué d'ironiser sur ce coup de fil.

Je vais retourner là-bas, leur ai-je affirmé un beau matin au téléphone. Je suppose qu'ils n'en avaient pas douté une seule fois.

Tous les trois jours, j'avais un appel de Louise. C'était non seulement agréable, mais réconfortant. Apparemment, je lui manquais, elle était impatiente que je revienne.

C'est au bout d'un mois que je me résolus à repartir. Je me sentais beaucoup mieux et je téléphonai à Louise. Elle était enchantée de ma décision, j'ai cru comprendre qu'elle commençait à douter de mon retour.

« C'est magnifique, je suis très heureuse. Surtout, quand tu arrives, tu viens manger avec moi.

– Je ne vais pas te déranger.

– Tu n'as pas le choix, tu fais attention, je t'attends. Bonne route.

– C'est entendu, si c'est ta décision, je passe chez moi et je te rejoins après. »

Au fur et à mesure que je me rapprochais, je songeais à Louise, elle m'avait manqué pendant cette période. Je suis passé par Dun, donc évidemment, en arrivant j'ai ralenti devant sa maison. Elle coupait des fleurs dans son jardin ; en entendant une voiture, elle s'est redressée, elle m'a fait un signe de la main, je lui ai répondu et j'ai continué ma route. Je suis arrivé vers 16 h au village.

En m'engageant sur le chemin, je distinguai de loin le père Joseph qui arrosait mes fleurs.

En entendant mon véhicule, il se retourna, son arrosoir à la main. De l'autre main, il repoussa sa casquette sur le haut de son crâne. Je suis descendu, je n'ai pas eu le temps de lui dire bonjour.

« Ah, le Parisien est de retour, je me suis permis d'arroser les fleurs. Avec cette chaleur, il n'y aurait plus rien aujourd'hui. Tu es parti précipitamment, rien de grave ?

– Bonjour, père Joseph. Non, tout va bien ! Comment allez-vous ? Un grand merci pour mes plantes.

– Ah, avec la pauvre Marie, j'étais coutumier, tant que je pouvais l'aider. Bon, je te laisse mon gars, maintenant j'ai à faire.

– Merci encore, père Joseph, si vous avez besoin de quelque chose, n'hésitez pas à venir me voir.

– Je crois que je l'ai entendu bougonner :

« Besoin de quelque chose. Marrant le Parisien. »

J'ai descendu mon sac de voyage, je l'ai posé près de la cheminée, je suis immédiatement retourné en direction du village. Le père Joseph a dû me prendre pour un fou : à peine arrivé, il est déjà reparti.

Je pénétrai chez Louise. En m'entendant, elle sortit radieuse que je sois là. L'impression qu'elle avait à un moment douté de mon retour se confirmait.

Elle m'a pris par le bras en le serrant fortement pour m'accompagner de telle manière que je n'avais aucune possibilité de m'échapper. Alors, que je n'en avais nullement l'intention.

Elle était tellement euphorique qu'elle ne me laissait pas le temps de m'asseoir.

« Comment vas-tu, Jean ? Tu as l'air en forme, je suis comblée que tu sois là. Tu as pu trouver une réponse à tes questions ? »

Je repris mes esprits, je la regardai : elle attendait ma réaction.

« Tu sais Louise. Je ne savais pas pourquoi je souhaitais à tout prix revenir au village. Quelque chose me poussait, mais quoi ? Quand j'ai acheté la ferme. Tous ceux à qui j'en avais parlé m'ont tous déclaré que c'était une folie de restaurer ce bâtiment. Mais j'étais poussé par cette envie qui m'obsédait. Plus on me le disait, plus je désirais le faire, comme si dans mon esprit quelqu'un s'obstinait.

Le notaire après la signature m'a affirmé qu'il songeait ne jamais pouvoir vendre cette bâtisse dans cet état, qu'elle finirait par être complètement en ruine. »

Louise m'écoutait attentivement, elle souriait.

« Quand j'ai signé définitivement l'achat, mon esprit était un peu apaisé et j'étais impatient de venir l'habiter, d'être là, de vous revoir tous les deux et d'être près de Marie.

Je brulais de savoir ce que vous étiez devenus, pourquoi la ferme était dans cet état, comment Marie avait vécu, ce désir de connaître ce passé me tenait à cœur. Toi, Marie, Jacques, je culpabilisais de vous avoir ignorés.

La vie nous prend tellement qu'avec le temps, on abandonne certaines personnes, un jour, on se retourne, on a l'impression d'avoir loupé quelque chose. »

Louise, qui m'écoutait attentivement, me coupa la parole.

« Non, tu n'as pas à te reprocher quoi que ce soit. Tes parents m'avaient dit après l'enterrement que pendant ton service militaire, tu ne pourrais pas venir. Tu n'avais plus la possibilité de passer le mois d'août au village, après le décès de ton grand-père.

Je devinais que tu ne reviendrais peut-être jamais. Tu serais revenu plusieurs années après l'armée. Tu aurais découvert le village transformé, les cafés commençaient à fermer, la fête de l'assemblée n'avait plus le succès de notre jeunesse, la mairie continua quelques années et ensuite abandonna.

Il devenait petit à petit ce que tu vois actuellement. Moi, je m'étais mariée, Jacques également et il allait être papa.

Marie avait abandonné sa joie de vivre, ses rêves, pour aider ses parents. Tu vois, notre insouciance d'adolescents avait disparu, elle avait fait place à une vie d'adulte avec ses contraintes. Il ne faut pas regretter, tout avait changé, c'est comme ça. À présent, c'est bon d'être ensemble après toutes ces années. »

Je l'écoutais religieusement, au fur et à mesure qu'elle parlait, son visage dégageait une expression de bien-être.

« Oui, tu as raison, c'est la vie qui commande. Parfois, on pourrait changer son destin, seulement on ne le sait qu'après l'avoir vécu.

J'avais en venant ici un poids en moi, celui-ci est devenu insoutenable après ton récit. Je suis parti pour ça, j'avais le désir de me ressourcer. À présent, je suis conscient que l'on ne peut pas toujours changer le cours de la vie si on n'a pas les éléments pour le faire. »

Louise hocha la tête, en prenant ma main.

« Tu sais, Marie aurait pu modifier son existence en cherchant un emploi ailleurs, en échappant à l'emprise de son père... Elle n'a pas voulu pour sa mère qui était malade. Quand elle est décédée, elle était perdue, complètement bouleversée.

Pour elle, dans sa tête, elle devait rester pour remplacer sa mère pour les tâches domestiques, elle aurait pu abandonner son père à son triste sort. Tu n'es absolument pas responsable. Avec l'autorité de son paternel, après la perte de sa mère, dis-toi une chose : est-ce que votre couple de l'époque aurait pu résister ? Peut-être, ou pas, c'est comme ça.

Malgré tout, aujourd'hui, tu es là, alors que si vous aviez rompu, je ne t'aurais pas revu... C'est un petit peu égoïste ce que je dis, néanmoins, tu ne serais pas actuellement avec moi. »

Elle dit cela avec un sourire qui en disait long sur son bonheur de me retrouver.

« Oui, tu as raison. Gardons le positif : je suis enchanté d'être avec toi, d'avoir la possibilité de rencontrer Jacques. Du reste, je vais lui téléphoner demain, pour organiser un repas.

– Jean, tu me fais plaisir de réagir comme cela, j'espère que l'on va passer du temps ensemble ! Tu vas rester longtemps ?

– Oui, je pense que je vais passer l'hiver ici. Je partirai pour les fêtes de fin d'année pour être en famille.

Ce qui me ferait plaisir, c'est que tu me fasses visiter la région.

– Bien sûr, on va faire des sorties, je suis ravie, on a du temps à rattraper, je crois. »

Un grand sourire illumina son visage, je pris congé, le temps défilait trop vite comme d'habi-

tude, il était déjà 23 h, on avait discuté sans relâche après le dîner sur la terrasse.

Elle m'accompagna jusqu'à la voiture en
m'affirmant qu'elle avait passé une excellente soirée. Je lui confirmai que moi aussi, notre discussion m'avait fait le plus grand bien.

Elle me regarda partir en me faisant un grand
signe. Après lui avoir répondu, je pris la direction
de la ferme. Je vis dans le rétroviseur qu'elle
continuait à agiter sa main.

Arrivé à la maison, je regardai le fauteuil
dans lequel Marie s'était endormie, je le déplaçais
dans un coin de la pièce, j'aurais dû m'en séparer,
mais je ne pouvais pas. Pour l'instant, exténué par
le voyage ainsi que par notre échange, j'allai directement me coucher.

Le lendemain, je commençai un autre chapitre de mon existence. Après la soirée, on avait
décidé de ne plus aborder la vie de Marie et ma
relation avec elle.

Elle nous manquait bien sûr à tous les deux,
il était impératif de tourner la page. Rien ne pouvait effacer ce qui s'était passé pendant toutes ces
années.

Louise est venue, elle tenait à participer au
rangement dans la grange des anciens meubles de

son amie. Elle souhaitait que je m'en sépare rapidement, elle connaissait une personne que ça intéresserait.

Je lui donnai mon accord, elle téléphona. Le lendemain, tous les meubles étaient partis, la grange était presque vide, il ne restait que mes cartons. Louise a récupéré quelques affaires de Marie, dont la fameuse robe jaune et sa salopette, en souvenir.

Elle était heureuse, elles lui rappelaient certaines soirées avec elle. Quand elle venait se changer à la boulangerie pour enfiler sa robe qui la rendait plus féminine.

« Jean, tu veux récupérer les lettres que tu as envoyées à Marie ?

– Non, je préfère que tu les gardes. Par contre, je veux bien un double de la photo sur laquelle nous sommes tous les trois pour l'encadrer.

– D'accord, je vais m'en occuper. »

Assis côte à côte sur le banc contre le mur, on se regardait, un même sourire illumina notre visage. Après un long silence, Louise me demanda :

« Bon, on fait quoi maintenant ?

– J'éclatai de rire.

– Ah, ça te fait sourire, je suis ravie !

– Eh bien, Louise, pour finir la journée, on va faire une balade, après je t'invite à dîner. J'espère que tu connais un restaurant, attendu que moi, je suis perdu dans la région.

– D'accord, on va sur les traces du passé, dans les chemins. Tu verras, certains ont changé, ils sont goudronnés, il y a de nouvelles habitations, tu ne vas surement pas te reconnaître. »

Nous sommes partis dans la campagne. Effectivement, il fallait que je force un peu ma mémoire pour me rappeler. Le chemin de terre avait fait place à une route, de nouvelles maisons étaient construites, heureusement, les anciennes étaient toujours là pour servir de point de repère.

Chapitre X

C'était agréable de flâner avec Louise, on discutait de tout, on riait des bêtises que l'on avait faites à l'époque. Lors de nos promenades à notre adolescence, sur les chemins loin du bourg ; Louise me prenait souvent la main, je comprends mieux pourquoi aujourd'hui.

Son rire était moqueur à l'évocation de cette anecdote.

« Je m'en rappelle très bien : tu avais été surpris la première fois, tu m'avais regardée et tu n'avais rien dit quand même.

– C'était plutôt agréable cette balade, surtout que l'on était que tous les deux. Oh, regarde, ce n'est pas le domicile du propriétaire de la calèche ?

– Le propriétaire de la calèche ?

– Tu ne te souviens pas le samedi de l'assemblée quand ton père, aidé du mien, ont mis un homme dans une calèche ! Parce qu'il était ivre, ton père avait dit en tapant sur la croupe du cheval :

« Allez, ramène ton maître à la maison. »

Le lendemain matin, on est allé ensemble constater s'il était bien arrivé chez lui. Il dormait dans sa calèche, le cheval l'avait bien reconduit devant son domicile. »

La scène lui revenait, elle souriait.

« Oh oui, c'est le jour où je t'ai pris par la main pour la première fois, on avait à peine seize ans, je crois. Effectivement, c'est bien ici. »

On continua notre chemin, il faisait beau, le soleil descendait, il devait être tard, on rentra, Louise reprit sa voiture, elle désirait se changer avant d'aller au restaurant.

Après m'être préparé, je partais vers le village pour la rejoindre. À peine étais-je garé qu'elle sortait et accourait. Elle était élégante dans sa robe rouge avec ses longs cheveux blonds et, sur ses épaules, une veste en jean.

« Tu es ravissante, Louise. »

Elle pouffa de rire, me renvoyant le compliment.

« Bon, Louise, je t'invite, je ne sais pas où. Ce n'est pas banal ; j'espère que tu as une idée.

– Oui, ne t'inquiète pas. On va chez des amis qui tiennent un restaurant, j'ai réservé.

– Super, ça va être la surprise, je les connais ?

– Non, enfin, je ne pense pas ; pourtant, tu l'as éventuellement vu dans le village : son père avait un magasin de réparation de matériel agricole qui est fermé à présent, il est bien plus jeune que nous. »

L'auberge était dans un petit coin de campagne, près d'un étang. Louise fit les présentations auprès de ses amis qui venaient de nous accueillir.

La maîtresse des lieux chuchota à l'oreille de Louise, je fis semblant de ne rien comprendre. Je n'ai pas tout entendu, seulement, j'imaginais la remarque étant donné que Louise vivait seule depuis la mort de son mari. Notre table était à côté d'une baie vitrée avec une vue splendide sur l'étang qui faisait partie de la propriété. Des projecteurs éclairaient ce petit coin de paradis.

Pendant toute la soirée, on continua de se découvrir, on était tellement bien ensemble que j'avais l'impression de me retrouver quarante ans en arrière, le premier jour de mes vacances, quand, avec Louise, on reprenait contact après avoir passé l'année sans se voir.

On plaisantait tous les deux ; j'avais retrouvé l'amie que j'avais connue, il y a si longtemps, cette complicité me faisait le plus grand bien. Le repas était excellent. Je n'ai pas manqué de le dire à ses amis. Après cette adorable soirée, je la raccompagnai.

« Jean, j'ai passé un moment merveilleux, ça fait longtemps que je n'avais pas ressenti ce bien-être. On se voit demain ?

– Je ne sais pas du tout. Pour le moment, je vis un peu au jour le jour. »

Louise resta un peu désappointée par ma réponse, je l'ai vu sur son visage.

« Alors je te téléphone !

– Entendu, passe une bonne nuit à demain.

– Encore merci pour ce dîner. Dors bien, ne fais pas de cauchemars. » Rétorqua-t-elle d'un ton ironique.

Elle m'embrassa, j'attendis un peu avant de partir qu'elle rentre chez elle, elle fit un signe avant de refermer sa porte. Je démarrai, je traversai le bourg sans rencontrer âme qui vive, le village était effectivement devenu triste.

La pleine lune éclairait toute la cour, j'ai garé la voiture près de la grange, je n'éprouvais pas le désir de me coucher immédiatement. Je me suis assis sur le banc de pierre comme d'habitude, le dos contre le mur.

Il avait fait chaud aujourd'hui. Le mur en pierre avait accumulé la chaleur du soleil et me la renvoyait.

Le ciel était dégagé, on pouvait admirer les étoiles, il y avait de temps en temps un petit nuage qui masquait la lune. Je contemplais le ciel étoilé en pensant à notre soirée. Moi non plus, je n'avais pas passé un aussi tendre moment depuis longtemps. Je souriais, rien que d'y penser.

Je n'ai pas vu passer le temps, il n'y avait pas un bruit, à part la cloche de l'église qui sonnait. Le vent avait dû changer, car ordinairement, je ne l'entendais pas. Malgré tout, il était quand même nécessaire de tendre l'oreille pour pouvoir compter les coups.

Je rentrai, l'envie de me coucher ne venait toujours pas, alors j'ai pris un bouquin, je me suis mis dans un fauteuil. J'avais à peine lu quelques pages que je rejoignais mon lit.

Mon petit-déjeuner était à peine terminé quand le téléphone sonna. C'était Louise.

« Bonjour Jean, tu as bien dormi ? »

J'ai eu à peine le temps de répondre oui, qu'elle continua.

« Il va faire une superbe journée, si tu n'as rien de spécial à faire aujourd'hui, je t'emmène voir un très beau château.

– Je préfère ne pas bouger, mais demain, je suis d'accord. Par contre, si tu veux passer, je serai très heureux. »

Louise avait l'air un peu déçu, elle enchaîna après un court silence.

« Bon, d'accord, je passerai dans l'après-midi. »

Elle raccrocha, elle semblait contrariée, enfin, c'est ce que j'ai ressenti. Tantôt, elle arriva détendue, souriante comme à son habitude.

On a bu le café, enthousiaste, elle ne cessait de plaisanter, de me narrer des souvenirs des dernières années de notre adolescence durant toute la journée.

Le lendemain, on se promena dans le parc du château qu'elle désirait me faire visiter. Il était somptueux. Il faisait tellement beau que l'on s'est assis sur un banc pendant notre visite pour l'admirer.

C'est à ce moment que mon téléphone sonna. C'était Jacques qui me demandait si j'étais là le lendemain parce qu'il allait passer au village. Je lui ai répondu positivement. Je lui proposai de venir manger avec moi, il accepta immédiatement.

« Est-ce que tu vois Louise pour la prévenir ? Autrement, je l'appelle, je souhaiterais vous voir tous les deux.

– Je suis avec Louise, donc je lui transmets, je pense que demain midi elle pourra être là. »

Elle me fit un signe d'approbation.

« C'est d'accord. » Lançai-je.

« Excuse-moi, Jean, on essaie de me joindre, Je vous laisse tous les deux, embrasse Louise de ma part.

– D'accord, Jacques, à demain. »

Louise avait un regard interrogatif, car l'appel avait été fort court.

« J'ai deviné que c'était Jacques, la conversation a été plus que rapide.

– Oui, il vient demain matin au village, il veut nous rencontrer, donc je lui ai proposé de venir à la maison pour midi, il t'embrasse.

– Tu sais pourquoi il désire nous voir aussi soudainement ?

– Pas du tout, il était pressé, il avait un appel. »

On était perplexes mais pas soucieux. Depuis mon arrivée j'étais sans nouvelles, j'allais enfin reprendre contact.

On a continué notre promenade jusqu'à la fin de la journée. Je reconduisais Louise qui était un fatiguée, elle me proposa de m'aider le lendemain pour le repas. Elle passerait chez son fils prendre du pain et un dessert.

« Tu seras levé à 11 h ou je viens plus tôt avec des croissants ?

Je fixai Louise en souriant, je rétorquai avec humour.

« Si tu viens de bonne heure, tu peux apporter les croissants, je te ferai un bon café, par contre pas à 11 h.

– D'accord, Jean, je vais y penser. »

Elle descendit de la voiture avec un air réjoui, elle n'a pas pu s'empêcher de me mettre au défi.

« Prépare ton café pour demain matin. »

Après un signe, je démarrai pour rentrer.

On avait passé à nouveau une journée exquise, le coup de téléphone de Jacques m'avait fait plaisir parce que je l'attendais depuis un certain temps.

Le soleil était levé bien avant moi. J'avais traîné un peu sous la couette, le travail m'attendait.

Je sautai du lit juste à temps, la voiture de Louise s'arrêtait dans la cour. Je me suis dit, ce n'est pas possible, elle est tombée du lit. Elle venait de la boulangerie avec le gâteau, le pain et les croissants.

Je me précipitai pour lui ouvrir la porte, elle avait sur le visage l'expression de quelqu'un qui a fait une excellente blague.

« Tu n'as pas imaginé hier soir que je viendrais de bonne heure afin de prendre le café avec toi !

– J'avais un doute, mais de la façon dont tu me l'as annoncé, je m'en suis douté... Tu as bien dormi ?

– Oui, j'étais épuisée. Toutes nos discussions m'avaient fatiguée ; la veille, je n'avais pas bien dormi, la promenade d'hier avait été le coup de grâce. »

On a bu le café et dégusté les croissants tranquillement dehors assis sur le banc, il faisait bon, sans se poser de questions sur la venue précipitée de Jacques.

Louise ne l'avait pas vu depuis six mois, habitant à Bourges, il ne venait pas souvent au village. Ils se téléphonaient pour se donner des nouvelles tous les mois.

On terminait de mettre la table quand une voiture stoppa dans la cour, c'était Jacques. Il sortit de son auto et resta quelques minutes à observer. Nous sommes venus à sa rencontre, il était ravi d'être là.

« Comment vous allez tous les deux ? Ça me fait plaisir de vous voir. Franchement, Jean, tu n'as pas changé, je te félicite pour la rénovation des bâtiments, c'est une merveille !

– Je te remercie, je suis content que tu sois là. »

Il me serra dans ses bras, il avait l'air ému de nos retrouvailles.

« Jean, il y a tellement longtemps. »

Il embrassa Louise qui venait vers lui.

« Tu vas bien, Jacques ? Tu es là pour quelques jours ?

– Non, je repars à Bourges ce soir, comme ça, on va pouvoir passer la journée ensemble, on a tellement à se raconter. »

Jacques en entrant remarqua le fauteuil de Marie dans un coin, il me dit :

« Tu l'as gardé en souvenir, je vois que tu as viré tout le reste.

– Oui, je me suis séparé des autres meubles, je ne sais pas si je vais le conserver. »

Jacques constata que ses dernières paroles m'avaient étonné.

« Je connaissais la ferme, je l'avais visitée après la mort de Marie avec le notaire, seulement, j'ai renoncé à l'acheter. J'estime que j'ai bien fait.

Comment vas-tu, Jean ? C'est quand même une sacrée surprise que tu nous as fait en revenant au village.

– Tu as raison, mais je suis heureux d'être là.

– Louise m'a téléphoné quand tu es reparti chez toi, elle était particulièrement tracassée après les révélations sur Marie. Elle m'a mis au courant aussi de ta relation avec elle. »

Aux paroles de Jacques, Louise tourna la tête dans ma direction.

« Je suis désolée, Jean, j'ai omis de t'en parler, surtout que l'on avait pris la décision de ne plus y penser. J'espère que tu ne m'en veux pas de l'avoir dit ? »

J'étais soulagé que Jacques connaisse toute l'histoire, je n'avais pas le coeur à en parler. Je rassurai Louise qui craignait que je sois contrarié.

« Non, Louise, tu as bien fait. Tu n'as rien à te reprocher, comme çà, aujourd'hui, on ne discutera que des bons moments que l'on a vécus tous les trois. »

Le repas se déroula comme prévu, Jacques parla de sa famille, de ses enfants et de ses petits-enfants.

Moi, je fis de même, il évoqua nos parties de pêche dans le canal du Berry, principalement de celle qui le faisait constamment rire.

Le jour où il n'avait pas pu venir avec moi et où j'étais rentré avec la main blessée, car j'avais voulu assommer un poisson-chat avec mon poing. Visiblement, il me chambrait.

Louise riait également, elle m'avait vu arriver l'après-midi au lavoir avec un gros pansement sur une main qui avait doublé de volume. Les heures passèrent ; d'anecdote en anecdote, la fin de la journée arrivait, Jacques regarda sa montre.

« Mes amis, je dois repartir à Bourges, mais avant, je tenais à vous informer que je vais quitter la région dans pratiquement deux mois. »

Louise et moi, on resta interloqués, on se regarda. Il n'a pas attendu notre réaction pour continuer.

« Je vais partir dans le Sud. Mes enfants habitent déjà depuis deux ans dans cette région, mon épouse s'ennuie ici, toute sa famille est également dans le Midi, donc on avait comme projet, à la retraite, de les rejoindre.

On a traîné un peu, je ne le regrette pas puisque je t'ai revu. Seulement, on a mis la maison en vente, on a signé un compromis la semaine dernière.

Je garde le domicile de mes parents au village pour revenir de temps en temps voir les amis de Bourges et vous deux, bien sûr. »

Louise avait changé de visage, c'est elle qui a répliqué, moi, je suis resté impassible. Je venais de le retrouver, il m'annonçait qu'il partait.

« Ah, mince, Jean vient à peine de nous rejoindre ! J'espère que tu nous donneras de tes nouvelles.

– Comme je le faisais jusqu'à maintenant, et je t'appellerai aussi Jean. De temps en temps je passerai au village, je ne vais pas abandonner mes amis du jour au lendemain.

Je regrette de ne pouvoir rester plus longtemps, Bourges n'est pas à côté. Je vous tiens au courant, mes enfants nous ont trouvé un logement pas très loin de chez eux. On va descendre après demain quelques jours dans le sud pour le voir. »

Il se leva, nous serra très fort contre lui, regagna sa voiture et il démarra en donnant un petit coup de klaxon.

On resta comme assommés dans la cour à le regarder s'éloigner sans réagir. Puis, dans une coordination parfaite, on s'assit sur le banc. On se regarda, c'est Louise qui brisa le silence au bout de quelques minutes.

« Voilà ! On ne va rester que tous les deux !

– Oui ! On se verra certainement moins souvent que s'il était resté à Bourges. »

Louise n'avait pas l'air d'être très étonnée.

« J'avais un pressentiment ce matin. Je me posais la question sur sa venue, puisqu'il y a un an, il avait abordé le sujet. »

Elle se tourna vers moi, me prit la main en la serrant bien fort pour me faire réagir.

« Bon toi, tu ne pars pas ?

– Non, rassure-toi, je suis bien ici, je reste avec toi. »

Son visage s'illumina, ma réponse lui redonna le sourire, elle changea de conversation.

« Je vais t'aider à ranger, ton rôti était excellent.

– Merci. Ton dessert était également succulent ! »

Elle éclata de rire, comme lorsque je lui racontais une blague, il y a bien longtemps. Elle remarqua mon regard insistant.

« Bah, qu'est-ce qu'il y a, Jean ?

– Rien. Ton rire, ton sourire me rappellent de merveilleux moments passés avec toi à une certaine époque.

– Bon, arrêtons de nous complimenter. On range et on va se promener, ça va nous détendre. »

Aussitôt dit, aussitôt fait, on prit le chemin qui longeait la demeure du père Joseph.

En passant, on le salua. Il était dans son jardin à ramasser des légumes, il nous fit un grand

signe de la main. On continua jusqu'au bois, ensuite, on fit demi-tour, il devait être tard. De retour, je proposai à Louise de rester manger un
morceau.

« Non, merci Jean. C'est très gentil, je veux
me reposer un peu. Demain matin, je dois aider
mon fils à la boulangerie. »

On s'embrassa, elle monta dans sa voiture,
un petit signe de la main, elle démarra rapidement
comme à son habitude. Elle prit la route en direction du village. En quelques minutes, elle avait
disparu et je me retrouvais seul.

J'ai fermé la porte et les volets, je me suis
installé dans un fauteuil. Je n'avais pas faim et pas
envie de me coucher, non plus.

J'avais trouvé Louise fatiguée ce soir ou
contrariée, je me résolus à lui téléphoner.

« Allô Louise, tu vas bien ? Tu es partie tellement vite !

– Oui, très bien, juste un peu épuisée, la nouvelle de Jacques m'a un peu touché le moral.

– Ça va aller, ou souhaites-tu que je passe ?

– Non, ne t'inquiète pas, j'ai besoin de me re-
laxer, bonne soirée Jean.

– Bon, je vais te laisser, je t'embrasse.

– Oh ! Je suis partie à toute allure, j'ai oublié de te remercier. Moi aussi, je t'embrasse. Passe une bonne nuit.

– Tu me téléphones dès que tu es revenue de Dun ?

– Entendu, à demain. »

Elle raccrocha, je n'étais pas décidé à rejoindre tout de suite mon lit, donc j'ai pris le livre que j'avais commencé quelques jours auparavant. Pourtant, j'avais du mal à me concentrer, je pensais au départ de Jacques et également à Louise. J'ai laissé tomber la lecture pour aller faire un tour sous cette magnifique voûte étoilée. Il faisait clair, le ciel était dégagé, un vent léger soufflait dans les branches des peupliers et perturbait le silence de la nuit.

Je suis passé devant la propriété du père Joseph, il devait dormir, il n'y avait aucune lumière. Quand je suis arrivé au grand chêne, je me suis assis en pensant à Louise, à Jacques et évidemment à Marie. Je suis resté un moment ensuite, j'ai pris le chemin du retour.

Après cette petite balade dans la campagne environnante, je décidai de me coucher. Tous les événements de cette journée me perturbaient et le sommeil fut difficile à prendre

Chapitre XI

Je terminais mon petit-déjeuner lorsque le téléphone sonna. C'était Louise qui désirait savoir si j'avais passé une excellente nuit, elle avait été perturbée toute la soirée par les propos de Jacques.

« Moi aussi, Louise, je me suis couché tardivement. L'annonce de son départ m'a également surpris. »

Je m'efforçai de lui remonter le moral, de la rassurer.

« Louise, ne t'inquiète pas. S'il ne vient pas nous voir, on descendra, ce n'est pas si loin.

– Oui, tu as raison... Je dois dire que depuis que tu es revenu, tout se bouscule dans ma tête. Je suppose que c'est identique pour toi.

– Eh oui ! J'ai quarante ans de vie que je ne connaissais pas qui me sont arrivés d'un seul coup. »

Je l'entendis rire, elle semblait plus détendue par mes propos.

« Jean, on se voit demain, je dois me rendre à Dun !

– D'accord, tu me m'appelles, je t'embrasse.

– Moi aussi, Jean. »

Notre relation devenait de jour en jour plus intime, ce n'était pas pour me déplaire. Louise ressentait la même chose : quand on ne se voyait pas, on se téléphonait.

Entre Louise et moi, naissait plus qu'une amitié, mais une relation intense. On ne pouvait plus se passer l'un de l'autre. À l'approche de la soixantaine, c'est bizarre d'avoir des sentiments aussi puissants.

C'est incontestable qu'ils existaient depuis longtemps entre nous, il y avait continuellement eu plus qu'une complicité.

On ne parlait plus du passé, ni de la décision de Jacques de partir, on vivait, on profitait de chaque moment.

Après quelques semaines, la date de départ de Jacques approchait. Il nous téléphona pour prendre de nos nouvelles, on ne s'était pas revu depuis sa visite à la ferme.

Tous les deux, on était tellement bien ensemble que l'on ne se rendait pas compte du temps qui passait jusqu'à son appel.

Il nous informa qu'il déménageait dans trois semaines et nous invita à une petite fête qui rassemblerait tous ses amis.

Il avait prévu avec son épouse, un buffet dans une salle des fêtes afin de réunir tout le monde pour une soirée qui ne serait pas un adieu, mais un au revoir. Il avait prévu de revenir de temps en temps dans la région.

Tous les deux, nous étions préparés, durant les quelques semaines que l'on venait de vivre, on avait fait complètement abstraction de cette échéance.

Le jour fatidique arriva. On allait rencontrer toute sa famille, ainsi que ses amis.

J'ai pu faire la connaissance de sa charmante épouse, qui était ravie de me voir enfin. Jacques lui avait tant parlé de moi qu'elle se demandait si j'existais réellement.

Elle nous invita à venir quelques jours dans le Sud dès qu'ils seraient confortablement installés. Elle m'a confié qu'elle était heureuse de retrouver les siens.

La soirée a passé très vite, comme toujours dans ces moments-là. La plupart des invités échangeaient des histoires qu'ils avaient pu vivre avec Jacques et son épouse, nous, on parlait plutôt de notre adolescence ensemble, c'était nos meilleurs souvenirs avec Jacques... Et les seuls pour moi.

La fin de la soirée arrivait, Jacques remercia tout le monde. Chaque ami lui avait offert un souvenir pour que lui et son épouse pensent aux bons moments passés avec eux. Ils avaient tous les deux beaucoup de mal à cacher leur émotion.

Louise et moi avions fait agrandir la photo que l'on avait encadrée, celle qu'il avait prise de nous trois devant le lavoir. On avait rajouté un petit mot au dos. Il nous remercia en nous enlaçant, il nous glissa à l'oreille : il manque malheureusement quelqu'un sur la photo.

On approuva tous les deux en hochant la tête sans rajouter un mot. On était les derniers à lui donner notre cadeau. Son regard était humide, sa sensibilité avait souffert pendant cette séquence souvenir de tous ses amis.

Il était tard, on prit congé, en se promettant de se revoir bientôt. Jacques nous raccompagna jusqu'à la voiture, nous serra très fort.

« Merci d'être venus, surtout, rentrez prudemment. »

Avant de partir, il n'a pu s'empêcher de nous faire une petite remarque.

« Vous savez que vous faites un couple harmonieux tous les deux ! »

Je ne sais pas s'il l'a dit pour cacher son trouble ou pour plaisanter, il souriait, content de cette déclaration. Louise m'observait et attendait ma réaction.

Je regardai Jacques dans les yeux en lui mettant la main sur l'épaule.

« Jacques, tu as raison, on fait un très beau couple. »

Je me retournai vers Louise qui acquiesçait d'un signe de la tête, sans un mot, avec un sourire attendri. Jacques nous serra à nouveau contre lui, à nous couper le souffle.

Après avoir desserré son étreinte, il renouvela son invitation.

« Vous venez nous voir, je compte sur vous ! Vous allez me manquer ! »

Pour le rassurer, on lui confirma que l'on viendrait prochainement. On attendrait son appel pour organiser le voyage.

Il acquiesça d'un hochement de la tête, en nous observant nous éloigner pour rejoindre notre voiture.

« Bon, je suis rassuré, par contre, vous ne m'avez pas tout dit ! »

On se retourna, interloqués !

« Tous les deux, vous n'avez pas quelque chose à m'avouer ? »

On se regarda mutuellement en souriant, j'ai pris la main de Louise pour le faire réagir : c'était notre réponse.

On percevait sur son visage la satisfaction d'avoir deviné notre relation.

« Je pars tranquille, je suis réjoui pour vous deux après toutes ces années. Je confirme que vous faites un beau couple. »

Il exprimait un immense plaisir de nous savoir ensemble, mêlée à un peu de tristesse de nous voir partir.

Louise souriait et n'osait pas dire un mot. On monta dans la voiture, on fit un grand signe à Jacques. Dans le rétroviseur, sa silhouette agitait sa main. En s'enfonçant dans la nuit, peu à peu, elle disparaissait.

Sur le chemin du retour, je ne disais rien, Louise restait muette également. Elle n'avait plus son sourire, elle se rendait compte que l'on ne pourrait plus voir Jacques aussi facilement. Alors, machinalement, j'ai posé ma main sur la sienne, elle tourna la tête, j'ai aperçu du coin de l'œil qu'un sourire envahissait son visage.

« C'est exact que l'on fait un joli couple. »

Je souriais à mon tour sans quitter la route des yeux.

« Je suis de ton avis, on est si bien ensemble. Chaque moment que je passe avec toi, Louise, me remplit de bonheur.

– Moi aussi, je me sens tellement bien. »

Elle cessa de parler. J'avais lâché sa main pour la remettre sur le volant, on traversait un bois, il était essentiel d'être prudent.

On arriva devant chez elle. Louise était fatiguée, pendant le trajet, elle était restée silencieuse. J'immobilisai la voiture sur le bas-côté, on s'embrassa longuement, elle descendit.

« À demain, Jean, passe une agréable nuit.

– Toi aussi. Je te téléphone. »

Elle pénétra chez elle, je démarrai. J'avais hâte de me coucher, et je pensais à Jacques qui avait deviné qu'il y avait quelque chose entre nous. Pourtant, rien ne lui avait permis de s'en rendre compte pendant la soirée.

La nuit fut bénéfique. Je me levai tranquillement. Une belle journée commençait. Il était 9 h ; décidément, je prenais l'habitude de me lever tard. Rien que de penser à Louise, le téléphone sonna.

« Bonjour, Jean, bien dormi ?

– Oui, je me suis levé, il n'y a pas longtemps. Et toi ?

– Très bonne nuit. On se voit ? Après la soirée d'hier, le départ de Jacques m'a rendu un peu mélancolique.

– Oui ! Moi aussi, je viens avant midi ! On ira faire un tour pour se remonter le moral, on trouvera bien un endroit pour manger.

– Entendu, je t'attends, je me prépare. »

Je passai vers 11 h. Comme prévu, on est parti visiter la région que je ne soupçonnais pas aussi belle. Louise était radieuse, le bonheur pouvait se lire sur son visage. Moi, je l'admirais comme un adolescent regarde son premier amour. Elle me dévisageait, je sentais son regard sur moi, cette situation me rendait euphorique.

« Pourquoi tu souris ?

– Je n'imaginais pas, en revenant il y a quelques mois, retrouver ce bien-être avec toi. »

Elle se contenta de me fixer en souriant.

À l'entrée d'un village, elle me fit signe de m'arrêter sur le parking d'une auberge qu'on lui avait recommandée. C'était un ancien moulin près d'une rivière. Le cadre était magnifique : des saules pleureurs bordaient le chemin permettant d'accéder au restaurant.

Il y avait du monde, la patronne nous voyant entrer, nous plaça à la seule table qui restait avec une vue splendide sur la rivière.

Pendant le repas, Louise me prit la main et m'observant :

« Je suis bien avec toi, cet endroit est paradisiaque, j'ai l'impression de rêver !

– Moi aussi, je suis aux anges. Les événements se sont succédés depuis que j'ai emménagé dans la ferme de Marie. J'ai parfois du mal à croire que tout soit réel. »

Louise serra ma main fortement pour me faire réagir.

« C'est ta maison, plus celle de Marie, notre relation est parfaitement réelle. »

J'ai ressenti que mes dernières paroles l'avaient un peu agacée.

« Oui ! Excuse-moi, une vieille habitude. Tu as raison, il ne faut pas ressasser le passé, sauf pour une chose. »

Louise me scruta, son regard figé. Elle lâcha ma main, elle attendait la suite de ma phrase avec une légère anxiété que je lisais dans ses yeux et qui pouvait se transformer rapidement en reproche.

« Je brule d'envie que tu me donnes des détails, quand à notre adolescence, tu étais amoureuse de moi, car je n'ai strictement rien vu. »

Le visage de Louise se décrispa au fur et à mesure de mes paroles, elle souriait de nouveau. J'ai pris sa main, elle m'observa d'un regard complaisant.

« À partir de mes seize ans, je faisais en sorte de me retrouver le plus souvent seule avec toi, mais toi, tu ne voyais absolument rien.

Quand la fin juillet arrivait, j'étais exaltée, d'ailleurs, ma mère la dernière année a répondu à une amie se trouvant dans le magasin et qui trouvait que j'étais un peu excitée :

« C'est normal, son petit copain arrive demain, en parlant de toi bien sûr. »

Toutes les deux avaient plaisanté longuement, mais moi, je ne les écoutais pas. L'année de nos dix-huit ans, les dernières vacances pendant lesquelles tu es tombé amoureux de Marie, j'ai hésité à te parler de mes sentiments. J'étais tellement bien avec toi, j'ai probablement bien fait.

– Je suis désolé de n'avoir rien deviné, surtout cette année-là, j'ai dû te faire de la peine.

– Non, Jean. La vie devait se passer comme ça. L'important, c'est maintenant que l'on s'est retrouvés. On va pouvoir bénéficier de la chance que la vie nous donne, c'est actuellement que l'on va en profiter. »

Elle se pencha en avant pour me donner un baiser, je fis de même. Elle souriait en me serrant les mains.

On a été les derniers clients. Je dois dire que la serveuse attendait notre départ pour prendre sa pause. On continua notre escapade dans la campagne jusqu'à la fin de la journée.

C'est ce jour-là que Louise resta avec moi. On passa la soirée devant un bon feu que j'avais allumé pour la réchauffer. Il faisait humide dehors par cette soirée d'automne. Le repas de midi avait été tellement copieux que nous n'avions pas faim. On discutait en regardant les flammes qui dévoraient le bois, tout en buvant un thé bien chaud.

Le lendemain matin, ce sont les rayons du soleil qui nous ont réveillés, vu que j'avais oublié de fermer les volets. Il faisait tellement beau que nous avons pris le café sur la petite table devant la maison, malgré la température relativement basse, le soleil nous réchauffait.

On avait à peine terminé que le père Joseph passait pour sa promenade matinale en direction du village.

« Ah, bonjour vous deux, vous allez bien ?

– Très bien, père Joseph, et vous ?

– Très bien, je vais au village. Passez une bonne journée. »

Il continua son chemin avec un sourire jusqu'aux oreilles qui en disait long.

Nous, on se regardait en rigolant, on savait qu'il allait boire sa bière au café pour prendre son pain. Il ne manquerait pas de parler de ce qu'il avait vu. Tout le village dans la journée serait au courant que l'on prenait le petit-déjeuner au saut du lit.

Mais on se moquait bien d'éventuels ragots nous concernant.

À partir de ce jour, on passa toutes nos journées sans nous quitter. Quelquefois, Louise allait à la boulangerie pour aider son fils, elle s'occupait aussi de ses petits-enfants. J'en profitais pour lire ou donner de mes nouvelles à ma famille, aux petits-enfants qui n'avaient pas l'air de s'inquiéter, surtout quand je leur parlais de Louise. Ils étaient plutôt réjouis que je sois avec elle, même sans la connaître.

Ils étaient très intrigués. Mes enfants me demandaient quand j'allais venir avec elle. Louise, après en avoir discuté, n'était pas encore prête à les rencontrer.

Elle me présentait à tous ses amis avec qui j'ai tout de suite sympathisé. C'est surtout de monter sur Paris, comme elle disait, qui ne l'enthousiasmait pas. Elle repoussait, elle préférait attendre le printemps.

Pendant pratiquement deux ans, on a vécu, de cette manière, les fêtes de fin d'année, les anniversaires : on allait chacun de notre côté et on se téléphonait très souvent.

Un jour, comme je passais à la boulangerie de son fils, celui-ci m'interpella.

« Bonjour Jean, est-ce que vous êtes libre dimanche prochain ? »

Je fus fort surpris qu'il me pose cette question.

« Oui ! Certainement, mais pourquoi ?

– Je souhaite vous inviter à mon anniversaire, je tiens à faire une surprise à ma mère.

– Donc il impératif que je garde le secret !

– Effectivement, je ne sais pas comment vous allez faire parce que je la connais. Je compte sur vous vers 13 h, le temps de fermer la boulangerie, je serais là et vous m'attendez devant. »

J'ai bien sûr accepté et je l'ai remercié. Dans la journée, Louise m'a informé qu'elle ne serait pas libre le dimanche suivant, étant donné que c'était l'anniversaire de son fils.

« Ce n'est pas grave, Louise, on se verra le lendemain, j'en profiterai pour faire un peu de rangement.

– D'accord, je viendrai te retrouver en fin de journée. »

Le dimanche arriva, Louise n'avait rien deviné. Je vins à l'heure convenue au domicile de son fils, je devais rester dans la voiture pour l'attendre, afin de ne pas compromettre la surprise. Il viendrait me chercher dès son arrivée.

Je savais que Louise était venue de bonne heure pour aider sa belle-fille, elle ne pouvait pas soupçonner quoi que ce soit.

À peine arrivé, son fils garait sa voiture et m'accueillait pour me conduire dans le jardin. Il faisait extrêmement beau pour un mois de mai, le repas se déroulerait sur la terrasse.

L'étonnement fut total quand Louise se retourna à la demande de son fils.

« Maman, j'ai une surprise pour toi. »

En me voyant, son visage changea. Troublée, elle bafouilla.

« Ben ! Que fais-tu là, Jean ?

– Ton fils m'a invité. Désolé de te l'avoir caché. »

Son fils éclata de rire en voyant la tête de sa mère qui ne savait plus quoi dire, elle était comme figée sur place.

« Maman, il serait peut-être temps maintenant que Jean vienne avec toi, tu ne crois pas ? Vous êtes ensemble depuis deux ans. »

Louise était tendue, étonnée par les paroles de son fils et en même temps comblée. Au fur et à mesure que la journée avançait, elle était de plus en plus enchantée de m'avoir à ses côtés, elle le montrait par des petites attentions qui faisaient sourire son fils et sa belle-fille. Nous avons passé un moment exquis.

Peu de temps après, j'ai proposé à Louise de venir avec moi à Paris, elle accepta non sans quelque inquiétude à la pensée de rencontrer ma famille. Je lui ai fait découvrir la capitale, elle n'était jamais venue visiter Paris.

Elle a reçu chez mes enfants un accueil qui a fait disparaître toute anxiété. Je leur avais tellement parlé d'elle qu'ils avaient l'impression de la connaître depuis bien longtemps.

Chapitre XII

Cela faisait désormais quatre ans que l'on vivait en couple, soit chez elle, soit chez moi, quand on a appris le décès du père Joseph. Il passait volontiers nous voir pour boire un petit café, il nous appelait : « ses amoureux. »

Il était ravi de nous savoir ensemble, lui qui nous avait connu tout jeunes.

C'était encore une page qui se tournait, une figure de notre jeunesse qui disparaissait. Ce qui nous a touchés moralement tous les deux, quelques semaines plus tard, c'est quand, en se promenant dans le village, on a vu un panneau à vendre sur la maison familiale de Jacques.

Lors de son dernier appel, il n'y avait pas fait allusion. Depuis son départ, il y avait plus de quatre ans maintenant, il n'était venu que trois fois. On se téléphonait souvent, pas tous les mois comme on l'avait prévu, mais la vie passait tellement vite que l'on ne se rendait pas compte du temps qui défilait.

L'année de son départ, on était descendu pour le voir. Il avait une belle résidence proche de la mer. Avec son épouse, ils étaient heureux d'avoir retrouvé toute la famille.

La plupart de leurs amis passaient des vacances dans le Sud. Ils en profitaient pour aller chez eux chaque été, c'est aussi pour cette raison que Jacques et son épouse ne venaient que rarement à Chalivoy .

On était resté une semaine, ils nous avaient fait visiter sa belle région. Ils ne regrettaient pas leur déménagement. Le bonheur se lisait sur leur visage ; ils étaient proches de leurs enfants et de la famille de son épouse.

On était repartis rassurés mais tristes, on savait que Jacques ne pourrait pas venir continuellement nous voir, donc c'était naturel qu'un jour, il prenne la décision de vendre la maison du village.

Pour nous deux, ce panneau nous a rendus nostalgiques toute la soirée.

Toutes les journées passées avec Louise étaient délicieuses. On était complémentaires, notre vie était un long fleuve tranquille.

On pouvait, d'un simple regard, deviner si l'autre avait un souci. On était comblés, toute la famille, les amis le disaient : vous vous êtes bien trouvés, votre bonheur nous fait plaisir. La vie a continué ainsi.

Les années passèrent. On a fêté nos soixante-dix ans ensemble, cela faisait un peu plus de dix ans que l'on s'était retrouvés. Pour cette occasion, mes enfants sont descendus ainsi que mes petits-enfants. C'était la première fois qu'ils rencontraient la famille de Louise.

Nous, on était là, main dans la main, aux anges comme un jeune couple. On regardait toute l'assemblée qui virevoltait autour de nous, ravie de nous célébrer.

Les enfants faisaient connaissance ainsi que les petits-enfants ; c'était une ambiance de fête comme on l'avait connue dans notre enfance.

Les jours, les années sont passées de plus en plus vite, nos enfants s'approchaient de plus en plus de la retraite, nos petits-enfants s'étaient mariés, on était arrières grands-parents.

Notre amour, notre complicité ne faiblissaient pas. On avait nos habitudes, entre la lecture, les promenades, les discussions, les quelques invitations dans la famille ou les amis, un voyage de temps en temps pour découvrir les régions de France que l'on ne connaissait pas.

Pourtant, il y a un mois, qui était le plus important pour nous : c'était août. On restait au village. Bien sûr, il n'y avait plus les fêtes d'antan. Néanmoins, une certaine ambiance de vacances, de retrouvailles pour certains, flottaient dans le village. Pour nous, plutôt une forme de nostalgie d'un passé lointain qui était sans cesse présent dans notre mémoire.

Tous les ans, à la même époque, on allait manger dans le restaurant du moulin dans lequel on s'était réciproquement déclaré notre amour. Les propriétaires avaient changé, c'était le fils qui nous recevait. Il était coutumier de nous voir, il nous réservait toujours la même table. Ce jour-là, c'était notre anniversaire, on ouvrait un nouveau chapitre, une nouvelle année commençait.

La vie se déroulait tranquillement sans s'apercevoir du temps qui passait. Tous les matins, une journée de bonheur débutait avec notre petit-déjeuner, très souvent dehors, sur le banc de pierre. Les jours passent très vite quand on est heureux !

Toutes ces années de vie commune ont été si formidables. Je ne sais toujours pas ce qui m'a réellement poussé vers le village, il y a maintenant quatorze ans. Pour connaître la vérité sur Marie que j'avais aimée ou l'amour de Louise que j'avais ignoré il y a bien longtemps, mais que j'avais eu le bonheur de découvrir.

Je ne remercierai jamais assez le destin de m'avoir contraint à revenir.

Tant que l'on était ensemble, tout allait bien, on profitait, on vivait. Louise était comblée, moi également, de la voir sourire, c'était un véritable rayon de soleil dans ma vie. On était seul au monde avec nos joies, nos souvenirs, notre amour.

On en a passé des heures sur ce banc de pierre à lire ou tout simplement à regarder la nature, à discuter. On en a fait des promenades sur les chemins de notre jeunesse, la main dans la main, et qui nous faisaient plonger dans le passé.

Les petits-enfants du père Joseph venaient avec leurs parents en vacances dans sa maison la plupart du temps au mois d'août. À chaque fois qu'ils passaient devant chez nous, cela nous rappelait ce que l'on avait vécu à une certaine époque. Ils avaient rendez-vous avec d'autres jeunes du village, seulement, ils n'avaient plus le lavoir comme point de rencontre, maintenant, c'était les bancs sur la place de la mairie sous les tilleuls et le platane. Lorsque l'on allait faire une promenade, on souriait en les voyant, c'étaient invariablement les mêmes qui se regroupaient à chaque vacances.

Je ne sais pas s'ils se racontaient leur année scolaire, comme nous. Ils avaient l'air d'être très complices, peut-être un peu espiègles, comme on l'était au même âge.

Il n'y avait plus de père Joseph, le métier de garde champêtre avait disparu. Apparemment, ils n'étaient pas très turbulents.

Tous les deux, on plaisantait en les voyant. On se regardait en souriant, on pensait à nos rendez-vous au lavoir, à Marie qui était la plus émerillonnée de notre groupe, au père Joseph qui passait à vélo et nous disait... En s'évertuant à garder son sérieux :

« Je vous ai à l'œil, tous les quatre. »

Nous on lui répondait tous en chœur avec un grand sourire :

« On est sage, Monsieur... On est sage, Monsieur ! »

Il continuait sa promenade sur sa bicyclette, nous faisait un signe et retentir sa sonnette pour nous saluer.

En se souvenant de ces moments, on était radieux de les voir assis faire la même chose que nous. On ne s'attardait pas afin de ne pas les déranger. Nos regards se croisaient, on souriait et on continuait paisiblement notre promenade.

Chapitre XIII

Malheureusement, le bonheur n'est pas éternel, Louise tomba malade. Pendant plusieurs mois, elle a souffert. On est nullement préparé à voir l'être que l'on aime souffrir. On était tellement satisfaits tous les deux que je pensais que l'on allait vivre toute une éternité, que notre amour serait sans fin. La vie en avait décidé autrement.

Pendant cette période, elle était toujours avenante, même quand elle souffrait. Alors, je la prenais par la main, elle essayait de sourire, mais son visage était crispé par la douleur. Elle se battait contre un ennemi qui aurait certainement le dernier mot.

Elle a passé trois mois à l'hôpital, je ne pouvais pas lui téléphoner, elle était épuisée. La plupart du temps, quand je venais, elle était assoupie, fatiguée par les traitements.

Durant cet épisode, je vivais au ralenti, je ne trouvais pas le sommeil. À chaque instant de la journée, je pensais à elle. Elle était constamment présente avec moi pendant son combat. Chaque jour qui passait, j'attendais avec angoisse les nouvelles que l'on me transmettait. Toute la famille, les amis étaient inquiets et me soutenaient dans cette épouvantable épreuve. Jacques me téléphonait toutes les semaines. Moi, dès que j'avais du nouveau, je faisais de même.

Un beau matin, le téléphone sonna, c'était son fils. Il n'avait pas l'habitude de m'appeler, la plupart du temps, c'était moi qui lui donnais des informations dans la journée, avant sa visite le soir après le travail.

J'étais tracassé par cet appel si matinal, mais tout de suite, il me rassura : les derniers examens étaient encourageants, il venait d'avoir l'infirmière qui était une amie de la famille.

La gorge nouée par cette excellente nouvelle, je ne pouvais pas exprimer ma satisfaction, son fils s'en aperçut.

« Ça va, Jean, tu m'entends ? »

Après quelques secondes qui m'ont paru une éternité, sous le coup de l'émotion, je parvins à sortir quelques mots.

« Oui, tout va bien, au contraire. Ton coup de téléphone m'a surpris, j'ai songé au pire.

– Oh, je suis désolé, j'étais trop content que je souhaitais te prévenir tout de suite.

– Tu as bien fait, je vais passer la voir cet après-midi, merci de m'avoir prévenu. »

J'étais comme tétanisé. Le cœur serré, je m'affalai dans mon fauteuil. Je suis resté longtemps assis à penser à Louise, des images lugubres passèrent dans ma tête. J'avais tellement peur de la perdre.

Je suis allé lui rendre visite à l'hôpital. Quand je suis entré dans la chambre, elle dormait. Je l'ai regardée, assis comme d'habitude près de son lit, en lui tenant la main.

Après un moment, elle commença à bouger.

« Ah, tu es là, tu aurais dû me réveiller.

– Non, il faut te reposer, j'ai eu les résultats par ton fils. »

Un large sourire envahit son visage. C'était la première fois depuis des semaines qu'elle arborait un si beau sourire.

« Ah ! Il n'a pas pu s'empêcher de te prévenir ? Tu as dû être étonné par son appel !

– Oui, un peu, seulement tant que c'est pour m'annoncer que tu vas mieux... »

Je n'ai pas eu le temps de finir ma phrase, le médecin entrait avec l'infirmière.

« Je vois que le moral est revenu. Bon, on va continuer le traitement, c'est en bonne voie. »

Il discuta avant de sortir avec sa collaboratrice sur la suite des soins et il disparut aussi vite qu'il était venu.

Je restai seul avec Louise jusqu'à la visite de son fils. Là, elle commença à fatiguer, alors on a pris congé tous les deux, en l'embrassant.

En descendant l'escalier, son fils m'invita à dîner pour se faire pardonner.

« Je suis sincèrement désolé Jean de t'avoir alarmé ! Je m'en suis rendu compte quand je t'ai parlé et que tu ne m'as pas répondu tout de suite.

– Ce n'est pas grave, je préfère que tu me tiennes au courant. »

Il avait l'air rassuré. Lui aussi était très angoissé. Je suppose que l'appel de l'infirmière lui avait fait le même effet.

Plusieurs semaines ont passé. Tous les jours, son état s'améliorait ; je retrouvai peu à peu ma Louise qui était toujours gaie. Son visage était moins marqué par la douleur qui disparaissait un peu chaque jour.

Elle laissait place à son ravissant sourire. Elle avait maintenant hâte de sortir, de reprendre sa vie qu'elle avait mise en suspens depuis le diagnostic lui annonçant sa maladie.

Le combat n'était pas terminé, la maladie ne s'avoue pas vaincue comme cela, elle devait continuer à se battre, toutefois un cap était passé.

J'avais préparé sa sortie, elle ferait sa convalescence à mon domicile. On avait longuement discuté, elle avait organisé son retour.

Elle était d'accord pour emménager avec moi définitivement, afin d'éviter les allers-retours entre nos deux maisons, comme on le faisait depuis de nombreuses années.

Elle laissait son habitation à sa petite-fille qui s'était mariée bien avant sa maladie, et qui attendait un heureux événement.

On était samedi, Louise devait sortir. J'avais préparé une petite fête pour son retour. Sa belle-fille, ainsi que ses petits-enfants étaient présents pour m'aider à préparer le repas. Son fils devait passer la prendre à l'hôpital.

Pendant que tout le monde s'affairait à l'intérieur, moi, assis sur le banc de pierre, je scrutais la route venant du village, je regardais ma montre avec anxiété. Ils devraient être là. J'étais impatient de la serrer dans mes bras, de la sentir près de moi.

Ma joie fut immense quand j'ai vu la voiture venant du village prendre le chemin pour entrer dans la cour. Je me levai d'un bond. Tout le monde était à l'extérieur pour l'accueillir.

Elle était resplendissante, elle descendit doucement, elle enlaça tout le monde, m'étreignit un instant et me prit par le bras pour pénétrer dans la maison.

La journée fut joyeuse. Après le repas qui se termina vers le milieu de l'après-midi, elle alla s'allonger dans la chambre. Pendant ce temps, telle une fourmilière, chacun se mit au travail pour ranger. En une heure, rien ne pouvait permettre de deviner qu'il y avait eu un festin avec autant de personnes.

Louise continuait à se reposer, toute la famille prit congé en me remerciant.

« On va te laisser, merci pour tout. Tu lui dis au revoir de notre part.

– Pas de soucis, merci encore pour votre aide. Ne vous inquiétez pas, je vais la bichonner. »

Tout le monde savait qu'elle était entre de bonnes mains. Son fils me demanda de le tenir au courant de sa santé.

« Je t'appelle dès qu'elle est réveillée. Bon retour, et encore merci : on a passé une splendide journée. »

Je suis sorti pour leur faire un petit signe de la main, ensuite, je me suis assis sur le banc pour profiter des rayons du soleil.

J'étais comme soulagé d'un poids, que Louise soit enfin revenue.

J'étais là depuis un moment, quand elle apparut sur le pas de la porte. Elle m'embrassa, s'assit à côté de moi. On resta un moment, sans rien dire, elle regardait le ciel, les arbres, les oiseaux qui chantaient, le soleil qui descendait à l'horizon.

Elle mit sa tête sur mon épaule.

« C'est bon d'être avec toi. »

Un frisson parcourut son corps, je l'aidai à se mettre debout, sa première journée en dehors de l'hôpital l'avait fatiguée, surtout avec la réunion de famille.

On passa la soirée devant la cheminée que j'avais allumée. La joie d'être là, après ces mois éprouvants, se voyait sur son visage qui était détendu : une nouvelle vie commençait.

De jour en jour, son état s'améliorait, elle reprenait goût à tout, on allait souvent se promener sur les chemins de notre jeunesse, elle riait, me pinçait le bras à chaque fois que l'on passait à un endroit qui nous rappelait un souvenir.

En fin de journée, on restait un peu de temps sur notre banc, c'était notre endroit. Elle mettait sa tête sur mon épaule, moi, je la tenais par la main sans rien dire. Tous les jours, sa joie de vivre nous faisait pratiquement oublier cette période où j'avais failli la perdre.

Un jour, en revenant de promenade, on s'assit sur le banc. Louise, comme à son habitude, mit sa tête sur mon épaule, on était tellement bien que je me suis assoupi un petit moment.

Pendant un court instant, mon esprit était parti. Je me voyais seul, j'avais perdu Louise. J'étais comme paralysé, impossible de sortir de ce cauchemar.

La peur traversa mon esprit : je ne sais pas ce que j'aurais fait si cette éventualité était arrivée.

Je présume que j'aurai vendu la maison pour partir le plus loin possible, je n'aurais pas pu supporter de rester au village, l'endroit où on avait vécu notre amour.

À ce moment de mes pensées macabres, Louise, qui relevait sa tête, m'interpella, ce qui me réveilla en sursaut.

« Hé Jean, tu sembles agité, tu t'es endormi, tu as fait un cauchemar ? »

Elle me regardait avec un sourire moqueur.

« Ah Louise, tu es là ! »

Elle éclata de rire en me pinçant le bras et en me prenant la main.

« Tout va bien, Louise. Des pensées désagréables m'ont traversé l'esprit. »

J'avais du mal à me sortir de cette obsession. Je ne sais pas combien de temps, j'avais pu sommeiller, le réveil était brutal.

« Je vois ce que tu veux dire, tu es tout pâle. Hé, je suis là et bien réelle. »

Elle me serra la main vigoureusement, en souriant pour me le confirmer.

« Ce cauchemar m'a anéanti, je n'ai pas envie de rester là ce soir. Pour dîner, je t'emmène au restaurant, celui qui est près de la rivière. »

Louise me regarda avec insistance, une grande joie illumina son visage.

« Celui dans lequel on s'est déclaré mutuellement notre amour. C'est un retour aux sources, dis-donc ! »

Je le lui confirmai en prenant sa main et en l'embrassant tendrement. Elle riait comme avant. Nous étions enfin réunis de nouveau : cette maladie n'avait été qu'une parenthèse, qu'un mauvais souvenir. On vieillissait tout doucement et notre amour ne faiblissait pas.

La vie est ainsi faite, nous allions à grands pas vers nos quatre-vingts ans. Il y avait pratiquement deux décennies que j'étais revenu au village pour emménager dans la ferme de Marie, ce lieu qui avait brisé notre amie et qui m'avait permis de retrouver Louise, d'être enchantés de continuer ensemble à profiter de la vie.

Elle passe plus vite que l'on ne voudrait, le plus important, c'est d'en jouir chaque jour comme on en a envie, car, à chaque instant, elle peut s'arrêter sans prévenir.

La vie nous a réunis tous les deux alors qu'elle aurait pu le faire à notre adolescence, mais on est heureux maintenant.

On avait tous les deux pris un chemin différent, la providence a fini par nous réunir. Si Marie peut nous voir, elle doit être satisfaite. Notre vie va continuer ainsi... Si le destin ne change pas d'avis. Elle sera différente au fur et à mesure que le temps s'écoulera et on la vivra tous les deux, intensément.

Lors de nos promenades, on passe quelquefois près de la Mairie, on s'arrête un instant, on ferme les yeux et on revoit, sur le muret du lavoir, les quatre adolescents.

Jacques qui fait le pitre, moi qui chahute un peu, Marie la petite brune en salopette, Louise la petite blonde qui me regarde. Un peu de nostalgie nous envahit. Alors avec Louise, on se prend la main, on s'embrasse tendrement, on se regarde : un sourire envahit notre visage et, sans un mot, on continue notre chemin.

Le village et son lavoir

Ce récit est une œuvre de pure fiction. Par conséquent toute ressemblance avec des situations réelles ou avec des personnes existantes ou ayant existé ne saurait être que fortuite.

Si vous désirez me contacter voici mon adresse Mail :

Auteur-claude.hiebel@orange.fr

AUTRES TITRES

ISABELLE OU LE FOULARD ROUGE

LE PLUS LONGTEMPS POSSIBLE

ANNA ET LA VALISE

LA SAXOPHONISTE DU SAINT-BENOÎT

Vous pouvez me joindre

Auteur-claude.hiebel@orange.fr

Table des matières

Édition : BoD · Books on Demand GmbH,
In de Tarpen 42, 22848 Norderstedt (Allemagne)
Impression : Libri Plureos GmbH, Friedensallee 273,
22763 Hamburg (Allemagne)
ISBN: 978-2-3224-7777-7
Dépôt légal : Octobre 2024